무명조개
허공 누각

무명조개 허공 누각

초판 1쇄 인쇄일 2023년 8월 25일
초판 1쇄 발행일 2023년 9월 1일

지은이 정종균
펴낸이 양옥매
디자인 송다희 표지혜
교 정 조준경
마케팅 송용호

펴낸곳 도서출판 책과나무
출판등록 제2012-000376
주소 서울특별시 마포구 방울내로 79 이노빌딩 302호
대표전화 02.372.1537 팩스 02.372.1538
이메일 booknamu2007@naver.com
홈페이지 www.booknamu.com
ISBN 979-11-6752-353-2 (03800)

* 이 책은 광주광역시 GWANGJU CITY, 광주문화재단 Gwangju Cultural Foundation 의 청년예술인창작지원사업으로
  지원받아 발간되었습니다.

무 명 조 개

외 공 누 각

정 종 균
장 편 소 설

책과나무

제게 커피가 무엇인지 알려 주신 영원한 뮤즈,

어머니께 이 책을 바칩니다.

차
례

마시기 전에 건네는,

작은 이야기 한 토막

입동(立冬) 때가 되면 꿩은 날개를 접고 스스로 바다로 들어간다. 그리고 깊은 바닷속에서 신(蜃)이라는 이름의 커다란 조개로 변한다. 신은 때때로 상서로운 기운을 토해 내어 뱃사람들의 눈을 흐리게 했는데, 아무것도 없는 망망대해에 불쑥 커다란 누각 같은 것이 보이는 것은 바로 이 때문이다. 분명 그것은 눈에는 보이나 존재하지 않고, 코앞에 있으나 다가갈 수는 없어 많은 이들이 그것을 기이하게 여겼다. 사람들은 이에 신(蜃)이 뿜어낸 기(氣)가 허공에 만들어 낸 누각(樓)이라는 뜻으로 '신기루(蜃氣樓)'라고 이름 붙여 불렀다.

— 동아시아 신기루 전설

딸기밭은 영원할 거예요

원두의 모양을 보면서 흠 있는 것을 골라낸다. 어디에도 섞이지 못한 것, 형태가 확연히 다른 것, 색과 향이 이상한 것, 수확 및 포장 중에 섞여 들어간 이물질 등을 천천히 찾아 골라 빼낸다. 자칫 결점 있는 것이 들어가면 맛과 향이 달라질 수 있으니 신중을 기울이는 것이 좋다. 이때, 단순히 눈으로만 봐서는 안 된다. 모든 감각을 기울여 일그러지고 뒤틀려 있는 것을 골라내야 한다.

*

그는 밤이 내린 바다 앞에 있었다.

수평선은 이미 새까맣게 지워진 지 오래라 사실 어디부터 바다고 어디부터 하늘인지 감은 잡히지 않았다.

빛도, 달도, 별도 없는 오로지 검은 어둠만 웅크리고 있는 바다. 이따금씩 불어오는 소금기 젖은 바람과 철썩이는 파도 소리만 지금 시간이 멈춰 있지 않다는 것을 일깨운다.

언제부터 자신이 이러고 있었는지 기억은 나지 않는다. 숫자로 겨우 헤아릴 수 있는 찰나에 찰나가 더해진 순간만큼 이곳에 있지 않았을까 무작정 가늠할 따름이다.

그리고 그의 앞에는 일렁이며 빛나는 커다란 누각 한 채가 있었다.

누각은 암청색으로 젖어든 수면 위를 밝히며 의식이 시작되던 순간부터 그의 두 눈을 빛으로 가득 채웠다. 무엇 때문에 여기에 서 있는지, 누가 자신을 여기에 데리고 왔는지도 모른다. 자리를 지킨 채 누각을 올려다보는 것이 그가 이곳에서 하는 일의 전부였다. 주위에는 오로지 순수하고, 아름답고, 그윽한 빛만 가득하다. 언뜻 보면 형체를 가진 커다란 불덩어리가 일렁이며 타오르는 것 같다.

누각은 실로 기묘한 건축물이었다. 처마에 서까래, 바닥은 물론 지붕 위에 촘촘하게 얹어진 기와 할 것 없이 모조리 반듯하게 잘라 낸 달빛으로 지어졌는지 주위의 어둠을 살라 먹으며 환히 빛나고 있었다. 하지만 누각 아래에는 그 어떤 기둥도 없었다. 오로지 허공에 뿌리내린 채 파도에 떠밀리는 것 같으면서도 닿지 않은 채로 그렇게 누각은 세워져 있었다.

그 안에 누군가 머물고 있긴 있는지 간간이 사람 그림자가 주위를 스치는 게 보였다. 때때로 흥얼거리는 것 같은 노랫소리가 뒤따라 들려오곤 했다.

그는 그 앞에 있었다. 어두운 밤 가운데 허공에 지어진 누각을 하염없이 바라보면서.

그러다가 누군가가 누각을 가리키며 나지막한 목소리로 일렀다.

— 저것은 거짓입니다, 눈을 홀리는 환영입니다, 한낱 신기루입니다.

그는 이 말에 별달리 토를 달지 않았다. 되묻지도 않았다. 그냥 어련히 알겠다는 투로 고개만 끄덕였다.

— 아아, 그렇구나.

그러고는 그저 무미건조한 대답만 곱씹었다.

그는 하염없이 자신 앞에 누각을 바라보았다. 누각은 흔들리며 자신을 끌어안은 어둠 속에 어지러운 춤을 그려 냈다.

닿을 듯, 닿지 않을 듯.

깊이 모를 허공에 쉼 없이 거짓이라 부름받는 빛을 뿜으면서.

*

　바깥에 부는 바람 소리에 그는 무심코 잠에서 깼다. 눈을 뜨자 조용한 카페의 풍경이 시야로 번져 들어왔다.

　ㅡ 또 잠에 든 건가.

　기영은 비틀거리며 몸을 일으켰다. 어지러운 머릿속이 방금 전까지 그를 집어삼키고 있던 잠의 깊이를 말해 준다. 늘어지게 하품을 한 뒤에 창으로 시선을 돌렸다. 창문 너머에는 옹골진 안개가 두텁게 눌어붙어 있었다.

　ㅡ 하긴, 이런 날씨에 무슨 카페야.

　그는 잠도 깰 겸 커피를 내리면서 푸념했다. 이제 11월 중순. 가을의 끝물에 이르렀다. 도로를 따라 심어진 가로수의 나뭇잎은 하나둘 떨어져 남아 있는 것도 얼마 없다.

　톡톡ㅡ.

　무언가 창가를 두드리는 소리가 들렸다. 무심코 고개를 돌리니, 나비고기 몇 마리가 지느러미를 흔들면서 카페 근처에 모여들고 있는 게 보였다. 카페의 온기를 느끼고 몰려온 게 분명했다.

　카페 사장인 선진은 날고기들을 싫어했다. 자잘한 날고기들이 카페 주위에 퍼덕거리며 몰려 있으면 미관상 좋지 않다나. 그래도 기영은 이맘때의 날고기들이 신경 쓰였다. 가을이 끝나고, 첫서리가 내릴 무렵이면 대부분의 날고기들은 마지막 산란을 마친 후 추위에 떨다가 바닥으로 떨어져 숨을 거둔다.

기껏 해 봐야 일 년 남짓한 삶이다. 날고기들은 그것을 어떻게든 이어 가고자 한 뼘의 온기를 찾아 민가 근처까지 날아오곤 했다. 그런 날고기를 내쫓는 것은 어쩐지 야박하게 느껴진다.

기영은 창문을 열어젖혔다. 그러자 날고기들은 허겁지겁 창가에 몸을 비볐다. 카페의 온기마저도 저들에게는 각별했던 모양이다.

훅-.

바람이 불어왔다. 이윽고 안개가 출렁이더니 일대를 울리는 낮고 굵은 고동 소리가 이어졌다. 곧 숲의 그림자 저편에서 거대한 수정고래 한 마리가 치솟아 올랐다. 수정고래는 거대한 그 몸을 이끌고 숲 위를 유영하다가 하늘 위로 긴 곡선을 그렸다. 기영은 말없이 그 모습을 지켜봤다. 어렸을 적부터 몇 번이고 봐 왔지만, 수정고래에게는 다른 날고기들과 비교할 수 없는 우아함과 장엄함이 있었다.

보통 수정고래는 숲의 깊은 곳에 머물지만, 추워질 무렵 먼 곳으로 떠나기 위해 이렇게 숲 위로 날아오른다. 그리고 자신의 동족을 부르는 깊고 낮은 노래를 토해 낸다. 이것을 듣고 일대의 수정고래들은 몰려들고, 다 함께 따뜻한 외국으로 향한다. 그래서 도시의 사람들은 수정고래의 노래를 듣고 겨울이 근접했음을 가늠하곤 했다.

- 확실히 추워지긴 했어.

기영은 몸을 움츠리며 중얼거렸다. 날고기들은 카페 온기가 변변찮다는 걸 알자 숲으로 우르르 돌아갔다. 다시 홀로 남겨진 그는 텅 빈 카페를 맥없이 바라봤다.

카페 라드모네가 위치한, 정확히 말하자면 그가 나고 자란 이 도시는 산 아래 우거진 빽빽한 숲과 맞닿아 있다. 먼 옛날 이곳은 깊은 바다 한가운데였다고 전해진다. 까마득한 시간이 흐르면서 바다는 사라졌지만, 그때 남겨진 물살의 흐름이 고스란히 굳어 독특하게 뒤틀린 지형을 남겼다. 그 후로 풀과 나무들이 바람결에 날려 와 자연스럽게 자리를 잡으면서 거대한 원시림이 바다 대신 그 위에 들어섰다.

그 누구도 숲이 얼마나 오래 이곳에 있었는지는 모른다. 사람의 발걸음이 닿아 도시가 세워지기 훨씬 이전부터 지금까지 숲은 꾸준히 제자리를 지키고 있다.

특히 오늘같이 안개가 자욱한 날은 더욱 숲의 존재가 부각된다. 과거 자신이 바다였다는 것을 잊고 싶지 않은 것인지 숲은 때때로 퀴퀴한 습기를 머금은 안개를 토해 내곤 했다. 기영은 무럭무럭 솟아난 안개가 길가에 비칠 때면 숲이 자기 자신을 과시하고 싶어 하는 것 같다는 생각을 지울 수가 없었다.

나는 여기에 있다, 너희가 이곳에 살기 훨씬 이전부터 나는 여기에 있었다, 아직도 여기에 있고 네놈들이 몽땅 사라져도 난 여기 있을 거다, 라고 하면서 자신의 거대한 무게감을 끊임없이 되새김질하는 것이다.

그래도 숲이 있어 다양한 날고기가 살고, 수정고래도 해마다 찾아온다. 이 도시에 그나마 볼거리라고는 그것밖에 없다. 매년 이를 중심으로 지역 행사까지 열릴 정도다. 그런 의미에서 이 숲은 도시인들에게 있어 얼마 없는 수입원이자, 도시의 발달을 억압하는 조금은 이중적인 존재였다.

"이봐."

그가 얼마나 짧은 휴식을 즐기고 있었을까, 난데없이 창가에서 넝마를 걸친 노파가 불쑥 고개를 들이밀었다.

"배고파."

노파는 홀쭉한 입을 오물거리며 당연하다는 듯이 손을 내밀었다. 기영은 털털하게 웃으며 팔리지 않은 머핀 하나를 내밀었다.

"드세요. 팔다 남은 거예요."

노파는 고맙다는 인사 없이 빵을 받자마자 허겁지겁 입에 밀어 넣었다. 아무래도 많이 굶은 모양이었다. 기영은 그런 노파를 물끄러미 보다가 슬쩍 물었다.

"오늘도 아들 찾으러 가세요?"

그 질문에 노파는 대답 없이 고개만 끄덕였다. 노파는 이 근방에서 여러 의미로 유명한 사람이었다. 다른 노숙자와 달리 구걸을 하거나 술을 마시지 않고, 이곳저곳을 돌아다니면서 오직 한 사람, 어딘가에 있다는 자신의 아들만 찾아다녔다.

과연 그 아들이 진짜 존재할지, 어쩌면 노파의 가여운 망상일지도 모르지만 기영은 이 노파가 여러모로 안쓰러웠다. 그래서 틈만 나면 먹을 것을 챙겨 줬다. 노파는 몇 번 음식을 얻어먹은 뒤로 툭하면 이렇게 그를 찾아오곤 했다.

"있잖아."

한참 머핀을 먹던 노파는 돌연 말을 꺼냈다. 그리고 뜻 모를 경고를 조심스럽게 읊조렸다.

"오늘은 안개가 짙어. 그러니 조심해."

"왜요?"

노파는 눈을 가늘게 뜨고 숲 저편에 있는 안개를 노려봤다.

"하얗고 뿌연 저것은 경계를 지워 버리거든. 그래서 내가 하늘에 있는지, 바다에 있는지, 땅 위에 있는지 모르게 해. 저것들 좀 봐."

그러면서 노파는 나무 위에서 노닥거리는 날고기들을 가

리켰다. 날고기들은 아가미를 뻐끔거리면서 잎사귀를 뜯어 먹고 있었다. 노파는 제법 진지한 어조로 기영에게 물었다.

"왜 저것들이 하늘을 날아다닌다고 생각해?"

"날고기잖아요. 날고기가 하늘을 나는 게 그렇게 신기한 가요?"

기영은 어깨를 으쓱거리며 대꾸했다. 노파는 그 말을 듣자마자 고개를 세차게 고개를 저었다.

"아니, 저것들은 길을 잃은 거야. 원래 물에 살던 것들이 안개 때문에 길을 잃고 하늘 위까지 올라온 거지."

그러면서 노파는 앙상한 손가락을 내밀어 기영의 커피잔을 가리켰다.

"그거, 잘 마셔."

"커피요?"

"그래. 그걸 마시면 계속 깨어 있을 수 있거든. 절대 붙잡히지 마."

"뭐한테요?"

기영이 재차 묻자, 노파는 눈을 희번덕 뜨며 알아들을 수 없는 말을 덧붙였다.

"꿈. 그게 널 호시탐탐 노리고 있어."

노파는 이 말만 남기며 길 저편으로 후다닥 걸어갔다. 안개는 잔뜩 굽은 그녀의 등허리를 말없이 쓸었다. 갑작스러운 방문만큼이나 갑작스러운 퇴장이었다. 그래도 군소리 없이 먹었던 걸 봐서는 머핀이 입에 맞는 모양이었다.

그 순간, 바람결을 타고 노랫소리 한 자락이 들려왔다.

한 번도 들어 본 적 없는 곡. 흥얼거리는 것 같은 음조에 왠지 모를 나른함이 묻어 나왔다. 가사만 들어서는 외국 노래인데 기타 연주까지 깔려 있는 것을 봐서는 제법 본격적이다. 목소리만 들어서는 아마 여자인 것 같았다. 하지만 안개 탓에 창밖으로 이렇다 할 모습은 보이지 않았다.

기영은 무심코 자리에서 일어났다. 노랫소리는 끈질기게 이어지고 있었다.

— 언젠가 잡상인이 근처에서 좌판을 벌였던 적이 있지, 아마.

그는 조심스럽게 기억을 더듬었다.

그 잡상인은 시끄러운 음악을 틀어 놓고서는 카페 손님들에게 호객까지 해댔다. 당연히 카페 매상에 득이 될 리가 없었다. 화가 머리끝까지 난 선진은 이를 부득부득 갈면서 잡상인에게 달려갔다. 처음에는 어디까지나 신사적으로 해결할 것이라고 선진은 자신만만하게 말했다. 하지만 기영은 괄괄한 선진의 성격을 누구보다 잘 알고 있었다. 그때 선진을 부득불 따라나선 것도 혹시나 있을 불상사에서 선진을 뜯어말리기 위해서였다.

역시나 기영의 예상대로 선진은 잡상인과 몇 마디 나누지 않고서 곧바로 멱살부터 쥐었다. 대낮에 사내 둘이 엉켜서 주먹다짐하는 꼴이라니. 아직도 그때 생각만 하면 눈앞이 아찔하다. 선진이 말했던 그 신사다움이 대체 뭔지는 모르지만 결국 경찰이 출동하고 나서야 상황은 일단락됐다. 어쨌든 한번 사건이 터지고 나니 웬만한 일에는 금방 민감해진다.

　노래는 여전히 들려오고 있었다. 시끄러울 정도는 아니지만, 그래도 신경에 거슬리는 것은 사실이다. 기영은 고민하다가 커피 한 잔을 내려 테이크아웃 잔에 담았다.

　과연 저 노래를 부르는 사람이 누군지는 모르지만, 커피 한 잔을 내밀며 차분히 이야기해 볼 생각이었다. 모든 걸 떠나 선진이 없는 사이에 얼른 해결해야 했다. 그는 지난번과도 같은 불상사가 없길 바라는 마음으로 서둘러 카페 바깥을 나섰다.

*

　날 선 바람이 등허리를 스쳤다.

　서늘한 냉기가 목덜미까지 훑고 올라온다. 감각이 움찔거리며 잠들어 있던 그녀의 의식을 일깨웠다. 다해는 몽롱하게 잠겨 있는 눈을 두어 번 깜빡거렸다. 아직 가시지 않은 꿈 때문인지 옅은 현기증이 관자놀이를 쿡쿡 찔렀다.

종잇장이 흩날리는 소리가 근처에서 들려왔다. 다해는 서둘러 옆으로 고개를 움직였다. 몽롱한 시야 사이로 곱게 갠 개인 악보 뭉치가 들어왔다. 악보를 본 다음에는 늘 습관처럼 클립을 꽂아 놓곤 했는데, 그 덕에 용케 바람에 날아가지 않았다. 곁에 둔 통기타와 간이 좌판대도 그대로다.

그녀는 늘어지게 기지개를 펴면서 남아 있던 나른함을 떨쳐 냈다. 목에 걸고 있던 깃털 목걸이가 흔들리며 내는 짤랑거리는 소리가 의식을 흔들었다.

– 확실히 오늘 같은 날 장사는 무리겠지.

다해는 주위 깊숙이 뿌리내린 안개를 보면서 짧게 푸념했다. 거리 가득 뭉쳐 있는 하얀 안개 때문에 고작 몇 걸음 앞도 제대로 보이지 않는다. 그런 상황에서 오가는 사람들이 자신의 좌판을 봐줄 리 만무했다.

경험상 이런 날은 뭉근하게 자리만 지키고 있는 쪽이 손해다. 그녀는 널브러져 있던 짐을 정리하고서는 서둘러 안개로 뒤덮인 거리로 몸을 묻었다.

길을 나선 지 얼마 되지 않아 널찍한 바닷가에 발이 닿았다. 11월에 접어선 지금, 바다는 초겨울의 이른 한기로 뒤덮여 있다. 여름 내내 바쁘게 포구를 오가던 배는 모두 멈쳐 있고, 풀어진 낚시 그물이 그 사이에서 파도에 따라 나부낀다. 무엇보다 새벽물떼새의 털갈이 철이라 근처가 녹청색 깃털로 빼곡하다.

먹을 것이라고는 하나 없는 이 작은 새는, 사람들이 자신을 노리지 않는다는 걸 잘 알고 있다. 그래서 털갈이 철이 되면 포식자들을 피해 사람들이 있는 포구로 헤엄쳐 와 자신들의 깃털을 털어 놓곤 했다. 이 때문에 이맘때 바다는 깃털로 인해 녹청색으로 곧잘 물들었다.

파도에 떠밀린 큼지막한 깃털 하나가 그녀의 발치로 밀려왔다. 다해는 아무 생각 없이 깃털을 집어 들었다. 광택도, 윤기도 흠 잡을 데 없는 최상품이다. 과연 이 깃털을 품고 있던 새가 헤엄치던 바다는 어떤 모습이었을까. 새벽물떼새는 평소 빛도 제대로 들어오지 않는 심해 속에서 머문다고 들었다. 그렇다면 이 깃털은 주인의 몸을 따라 어마어마한 거리를 지나온 셈이다.

다해는 깃털을 쥔 채 주위를 살폈다. 좋은 깃털을 주운 탓인지, 불현듯 이 바다를 떠나기 전에 그래도 무언가 해야 한다는 생각이 들었다. 다해는 고민하다가 백사장 구석에 짐을 내려놓았다. 그리고 주위에 아무도 없다는 것을 몇 번이나 확인한 후에 악보집을 꺼내 들었다.

다해는 방금 주운 악보 뭉치에 깃털을 끼워 넣었다. 그리고 아까 개사하다 만 마지막 부분에 고개를 파묻었다. 이번에 개사에 들어간 곡은 비틀즈의 노래 〈Strawberry Fields forever〉. 다른 노래보다 비교적 한국에 덜 알려진 곡이다. 한국어로 굳이 번역하자면 〈딸기밭은 영원할 거예요〉 정도가 되려나.

여기서 말하는 스트로베리 필드는 존 레논과 인연이 있던 고아원이라는 말을 들은 적이 있다. 어떻게 보면 고유 명사기 때문에 굳이 한국어로 '딸기밭'이라고 번역할 필요는 없었지만, 다해는 일부러 이 표현을 고집했다.

노래 속에 등장하는 스트로베리 필드는 가수인 존 레논이 같이 가자고 말하는, 고민도 현실도 없는 일종의 비현실적인 공간이다. 그런 곳을 어디라고 명확히 짚고 넘어가기보다 차라리 '딸기밭'이라는 조금은 모호한 단어로 번역하는 것이 노래의 본 분위기에 어울린다. 노래 가사 그대로 고민도 현실도 없이 오직 새빨간 딸기만 지평선 너머로 가득 펼쳐진 땅. 그녀는 〈Strawberry Fields forever〉를 부를 때마다 짧막한 공상에 잠기곤 했다.

그런데 주위에 넓게 퍼져 있던 안개가 조금씩 짙어질 조짐을 보였다. 그녀는 악보집에서 잠깐 눈을 떼고 안개의 주범이라고 할 수 있는 바다를 향해 고개를 젖혔다. 바로 옆에 물가가 있는 만큼 이곳에서 안개는 흔하다.

다해는 들고 있던 악보집을 덮었다. 이렇게 안개가 심한 와중에 개사에 집중하는 것은 무리였다. 주위가 새하얗게 뒤덮이면 머릿속까지 왠지 하얗게 젖어 든다. 아무리 좋은 구절이 떠오르고 있던 참이라도 그냥 그대로 흰색 수렁에 가라앉아 버리는 것 같다.

그녀는 짧게 투덜거리고는 옆에 겹쳐 놓은 통기타를 집어 들었다. 더 이상의 작업은 힘들 것 같으니 지금까지 개사한 부분이라도 우선 불러 볼 요량이었다.

다해는 모든 것을 떠나 노래하는 것이 좋았다. 언젠가 오디션 프로그램에 나가겠다거나, 훗날 가수가 되겠다는 그런 거창한 꿈이 있는 것은 아니다. 순수하게 이 순간 성대가 울리며 자신의 목소리가 허공을 뻗어 간다는 사실을 체감하는 것만으로도 그녀의 의식은 곧잘 또렷해진다. 그녀는 오로지 자신의 목소리에 취해 노래를 한참 동안이나 이어 갔다.

그러다 문득 씁쓰레한 냄새가 그녀의 코를 간질였다.

– 커피 냄새?

이곳에는 어울리지 않는 진한 커피 냄새였다. 그것도 방금 내린 커피에서나 날 법한 아주 진한 향이다. 그녀는 순간 착각이라도 한 건가 싶어 코끝을 세우고 깊게 숨을 들이켰다.

축축하게 젖은 공기 가득 고소하면서도 살짝 쓴 향이 묻어 나온다. 틀림없다. 그녀는 몇 번이나 킁킁거리고는 확신했다. 어딘가 매우 익숙한 커피 냄새가 공기 중을 떠돌고 있다.

하지만 여기는 카페와는 거리가 있는 곳이다. 가장 가까운 카페도 몇 십 미터 이상은 걸어야 나온다. 거기다 지금은 휴가철이 아닌지라 잠시 영업을 쉬는 거로 알고 있다. 그렇다면 이 근처에 커피 냄새를 몰고 온 누군가가 자신의 노래를 듣고 있기라도 한 걸까.

다해는 깃털과 모래가 뒤엉킨 해변 저편으로 눈길을 돌렸다.

*

기영은 길가를 타고 흐르는 노래를 따라 안개 속으로 몸을 파묻었다.

자욱하게 흔들리는 주위 풍경 사이로 언뜻언뜻 무엇인지 모를 그림자만 스쳤다. 분명 햇살은 비치고 있지만, 지금은 그저 낮이라는 사실만 겨우 분간될 뿐이다. 보이는 것이라고는 안개 저편에 흐느적거리는 옅은 형상이 전부다. 안개 위에 복잡한 모습으로 구겨진 도시의 그늘을 가로지를 때면 꼭 이곳과 전혀 다른 세계의 귀퉁이를 몰래 걷고 있는 기분이 든다.

골목 가득 딱딱거리는 소리가 가득 차올랐다. 기영은 깜짝 놀라 옆으로 비켜섰다. 한 무리의 조개들이 껍질을 맞부딪치며 그의 옆을 스쳐 지나갔다. 하나, 다섯, 일곱, 열. 기영은 허공 저편으로 사라지는 조개들을 무심결에 헤아렸다.

보통 조개들은 숲속 얕은 물웅덩이에 모여 산다. 조개들이 일사불란하게 움직이는 걸 봐서는 아무래도 수정고래들이 본격적으로 몰려들기 시작한 모양이었다. 수정고래는 보통 숲의 나뭇잎을 뜯어 먹고 살지만, 겨울 이동철이 되면 단백질도 섭취한다. 그런 수정고래들이 제일 좋아하는 게 바로 숲속 웅덩이에 모여 사는 조개들이었다.

조개가 내뱉은 순간의 소음이 사라지자 안개가 뱉어 낸 고요가 귓가를 뒤덮었다. 그리고 그 사이를 뚫고 노랫소리가 들려왔다. 잠깐의 소란에도 조금도 약해지지 않았다. 오히려 선명해진 것 같다. 기영은 경적 소리에 흩어졌던 그 소리를 가만히 붙들었다.

공원에 들어서자 노랫소리는 방금보다 가까워졌다. 지금은 후반부에 이르렀는지 아까부터 반복적인 가사만 이어지고 있다. 기영은 습관처럼 구석에 있는 벤치로 눈길을 던졌다. 하지만 그곳에는 아무도 없었다.

그는 맥 빠진 얼굴로 화단 모퉁이로 고개를 돌렸다. 역시 그곳에도 목소리의 주인은 없다. 기영은 의아해하며 놀이터 방향으로 몸을 틀었다. 그러나 이번에도 황량한 모래밭 위에서 홀로 삐걱거리는 그네만 눈에 밟혔다.

"저, 저기요?"

그는 조심스럽게 아무 곳에나 말을 내뱉었다. 노랫소리는 여전히 들려오고 있다. 하지만 정작 중요한 것은 노래하는 사람의 얼굴은 보이지 않는다는 점이다. 기영은 잠시 고민하다가 재차 목소리를 높였다.

"저기요오!"

일순간 노래가 멈췄다.

– 혹시 방금 전 내 말을 들은 걸까.

기영은 고개를 빼 들고 찬찬히 주위를 쓸어 보았다. 어디서 시작되었는지는 모른다. 분명 근처에서 들려오는 것은 맞지만 정작 중요한 가수의 모습이 보이지 않는다. 목소리만 안개 결에 섞여 홀로 공원 안을 뚜벅뚜벅 걸어 다녔다. 가사가 외국어인지라 무슨 뜻인지는 알 수 없지만 직감적으로 느껴지는 깊이에 기묘한 신비로움마저 묻어 나온다.

"누구세요?"

그러다 새된 목소리가 비집고 들어왔다. 기영은 깜짝 놀라 목소리가 들려온 곳으로 몸을 틀었다. 긴 머리를 내린, 까무잡잡한 피부의 여자가 눈을 동그랗게 뜬 채 자신을 뚫어져라 보고 있었다.

*

아무도 없는 줄 알고 눈치 없이 노래를 불렀던 다해는 때 아닌 남자의 등장에 깜짝 놀라 마른침을 집어삼켰다.

– 방금 부른 노래를 들었을까? 들었다면 어디서 들었을까? 혹시 꼴사납다고 생각하지 않았을까?

아직 남 앞에 설 자신이 없던 그녀는 오만 가지 고민을 하면서 안개 너머에서 불쑥 튀어나온 남자를 주시했다.

"아, 안녕하세요."

남자는 어색하게 인사를 건넸다. 낯빛은 창백했지만 눈매가 서글서글해서 그런지 그다지 나쁜 사람처럼 보이지는 않았다. 무엇보다 어디선가 마주친 것 같은 묘한 기시감까지 들었다. 남자는 쭈뼛거리다가 말을 이었다.

"저, 저…… 노래가 들려서 와 봤어요."

역시 노래를 듣고 왔구나. 다해는 왠지 모르게 부끄러워서 슬쩍 물었다.

"많이 이상했나요?"

남자는 그 말을 듣고 이해 못 할 말만 주절주절 내뱉었다.

"어…… 이상한 건 아닌데…… 그게 사실 제가 이 근처 카

페에서 일하거든요. 그런데 노랫소리가 들려와서…… 혹시
잡상인인가 싶어서…… 노래를 부르는 게 나쁘다는 게 아니
고…….”

카페? 다해는 남자의 말에 고개를 갸우뚱 젖혔다.

“카페요? 이 근처에 카페가 있었어요?”

남자는 별일 아니라는 듯이 턱짓까지 했다.

“네. 저 귀퉁이 넘어서 조금만 걸어가면 나와요.”

이 근처에 카페가 있던가. 다해는 기억을 더듬었다. 하지
만 마땅히 짚이는 게 없었다.

“이 근방에서 산 지 오래됐는데, 거기에 카페가 있는지는
몰랐네요. 이번에 새로 여셨나 봐요?”

“아뇨. 문을 연 지 몇 년 됐는데요?”

“그래요? 그럼 난 왜 못 봤지?”

남자는 대수롭지 않다는 투로 대답했다.

“구석에 있어서 그런가 봐요.”

싱거운 대답이었다. 다해는 남자의 얼굴을 물끄러미 보다
가 재차 물었다.

“아무튼, 노래는 어땠어요? 많이 이상했나요?”

남자는 잠시 고민하다가 어깨를 으쓱였다.

“좋았어요. 외국 노래인가요?”

“네. 비틀즈의 노래예요.”

남자는 영문을 모르겠다는 얼굴로 되물었다.

"비틀즈? 새로 데뷔한 가수인가요?"

다해는 남자의 말에 순간 자신의 귀를 의심했다. 비틀즈를 모르는 사람이 세상에 있단 말인가. 다해는 새된 어조로 목소리를 높였다.

"세상에! 비틀즈를 몰라요? 혹시 다른 세계에서 왔어요?"

그녀의 말을 들은 남자는 주눅 든 얼굴로 웅얼거렸다.

"제가 아이돌은 잘 모르거든요."

"아하하하. 재밌는 말이네요. 비틀즈 보고 아이돌이라니."

비틀즈를 모르는 건 둘째 치더라도, 아이돌이 아니냐고 되묻기까지 하다니. 만약 이 세계에 있는 비틀즈 팬들이 이 말을 들었다간 경악했을지도 모른다. 하지만 남자는 자신이 무슨 잘못을 했는지 모르는 눈치였다.

"저…… 괜찮다면 혹시 이거 드시겠어요……?"

남자는 주저하면서 그녀에게 캐리어에 담긴 커피를 내밀었다. 다해는 얼떨결에 받아 들었다. 아까 그녀가 맡았었던, 진하면서도 고소한 커피 냄새가 훅 하고 밀려왔다. 다해는 커피 냄새의 주인이 바로 눈앞의 남자라는 것을 직감했다.

"이게 뭐예요?"

"커피예요. 방금 내렸어요."

남자는 자부심 섞인 얼굴로 말했다. 수줍어하던 방금 전의 모습과 사뭇 달랐다. 그 모습에 끌린 다해는 무심결에 커피 한 잔을 마셨다. 그러자 쌉쌀한 맛과 어딘가 불에 태워 눌어붙은 향이 식도를 타고 온몸을 덮었다. 동시에 혀의 미뢰가 오돌토돌 솟으며 의식이 또렷해졌다.

"맛있네요. 직접 내린 거예요?"

"네. 저희 카페에서 만든 커피는 전부 직접 만들어요. 맛있다니 다행이네요."

다해의 반응을 본 남자는 자신 있게 고개를 끄덕였다. 사람 대하는 건 서툴러도 음식에 대한 열정 하나는 확고해 보였다. 다해는 연거푸 커피를 마시며 쾌활하게 웃었다.

"안 그래도 막 잠에서 깨서 피곤하던 참이었는데, 이걸 먹으니까 기운이 나요. 노래 선물로 너무 대단한 걸 받아 버렸네요. 하하하."

그 말을 남자는 잠시 고민하다가 조심스럽게 입을 열었다.

"음, 그게…… 그건 아니고…… 노래를 멈춰 줬으면 해서…… ."

"네? 제 노래가 그렇게 별로였나요?"

아무도 없다고 생각해서 신이 나서 불렀는데, 그게 누군가의 귀에는 거슬렸던 모양이었다. 혼자 들떠서 연주와 노래에 열중했던 방금을 생각하자 갑자기 부끄러움이 몰려왔다. 그렇게 그녀의 표정이 급격하게 안 좋아지자, 남자는 황급히 변명조로 말을 이었다.

"아, 아니에요! 노래는 좋았습니다. 다만, 제 사촌 형이 싫어할 수도 있거든요. 예전에 여기서 시끄럽게 하던 잡상인이랑 형이 싸운 적이 있어요. 혹시 이번에도 그러면 어쩌나 싶어 걱정됐거든요. 형 성격이 조금 괄괄해서요."

아무래도 자신이 눈치 없이 부른 노래가 남의 장사에 지장을 준 것 같았다. 다해는 짧게 한숨을 쉬고는 고개를 끄덕였다.

"흠, 그럼 어쩔 수 없죠."

다해는 남은 커피를 입에 털어 넣으며 자리에서 일어났다. 만약 저쪽에서 먼저 큰 소리를 내고 싸움을 걸어왔다면 정말 목숨 걸고 싸웠겠지만, 이렇게 먼저 선물까지 주면서 굽히고 들어오니 뭐라 따질 마음이 들지 않았다. 어차피 오늘은 일찍 들어갈 생각이었으니, 구태여 고집을 피울 필요는 없었다.

"저기."

남자는 잠시 주저하다가 말을 건넸다.

"혹시 나중에 시간 되시면 카페 놀러 오세요. 커피 맛있거든요."

당부인지 호객인지 모를 말을 하는 남자의 얼굴은 수줍음
으로 가득했다. 그 모습이 어쩐지 친근하게 느껴졌다. 다해
는 웃으면서 고개를 끄덕였다.

"알았어요. 다음에 커피 마시러 갈게요."

"다음에 오실 때는 더 맛있게 내려 볼게요."

남자는 자신 있게 대답했다. 그 모습이 어쩐지 정이 갔다.
다해는 기타 케이스를 어깨에 걸치며 이름 모를 남자에게
약속했다.

"좋아요. 기대할게요."

훅-.

바람이 불어왔다. 바람은 인근 포구를 훑은 다음, 가볍게
그녀가 있던 백사장을 쓸었다. 다해 주위를 휘감고 있던 해
무 역시 옅게 흩어졌다. 정면으로 불어오는 바람에 다해는
자신도 모르게 눈을 질끈 감았다.

잠시 후 바람이 잦아든 후에야 그녀는 조심스럽게 눈을 떴
다. 방금 전 이야기를 나누던 남자도, 진한 커피 냄새도 어
디론가 사라지고 없었다.

*

"다녀왔습니다."

집으로 들어서자 끓는 국물에서 올라오는 매운 김이 가장 먼저 그녀를 맞았다. 퀴퀴하게 고인 비린내와 삶은 야채에서 나는 풋내도 함께 섞여 있다. 기억이 시작되던 순간부터 지금까지 언제나 맡아 왔던 냄새. 그 근원지라고 할 수 있는 부엌에서는 어머니인 희숙이 힘차게 새를 토막 내고 있었다.

"또 그 앵벌이 짓하고 온 거냐?"

희숙은 언제나 그랬던 것처럼 뒤도 돌아보지 않은 채 무심한 말만 툭 하니 내던졌다.

"앵벌이가 아니라 버스킹이라니까. 엄마는 맨날 그 소리야."

희숙은 피가 뚝뚝 떨어지는 식칼을 쥔 채 다해에게 재차 물었다.

"약은?"

"먹었어. 그러니까 간섭 좀 하지 마."

다해는 투덜거리면서 재빨리 2층으로 뛰어 올라갔다. 이럴 때 말이 길어져 봤자 피곤한 건 언제나 이쪽이다. 그녀의 어머니는 버스킹 자체를 달가워하지 않는다.

통기타는 어디까지나 공짜로 받은 것이니 뭐라고 하지는 않았지만 이걸 들고 좌판을 나서는 모습을 보고 얼마나 화를 냈는지 모른다. 길거리에서 노래로 사람들을 불러 모으는 것은 거지가 앵벌이 하는 것이나 다름없다나.

사실 그건 희숙의 이야기만은 아니다. 아직 길거리 공연 문화가 생소한 이런 외진 지방에는 버스킹 자체를 색안경을 끼고 보는 사람이 많다. 그래도 지금은 나름 알아봐 주고 호응해 주는 사람이 많아서 전보다 상황이 낫지만 말이다.

2층 방에 올라와서 다해는 서둘러 약부터 찾았다. 희숙에게는 먹었다고 둘러댔지만, 사실 오늘 장사를 나갈 때 깜빡하고 약을 두고 갔다. 그래도 다행히 걱정했던 최악의 상황은 찾아오지 않았다.

그녀는 서둘러 잊고 있던 알약을 집어삼키면서 들고 갔던 간이 좌판을 열었다. 쩔렁 하고 유리가 부딪치며 내는 맑은 소리가 방 안을 뒹굴었다.

다해는 간이 좌판 안에 담겨 있는 비즈 액세서리들을 하나하나 꺼냈다. 그늘진 방 안에서 색색의 비즈가 투명하게 반짝였다. 그녀는 고심 어린 얼굴로 그중 하나를 집어 줄을 풀었다. 마침 아까 깨끗한 깃털도 주웠으니, 잘 팔리지 않던 장신구의 디자인을 한번 바꿔 볼까 고민 중이었다.

한번 작업에 몰두하면 시간은 정말 더디게 흘러간다. 곧잘 귓가에 떠돌던 노랫말도 더 이상 들려오지 않는다. 온몸의 감각은 모조리 눈앞에 있는 깃털과 비즈에 고정되어 버린다. 마치 주위의 모든 것이 그대로 멈춰 있는 것처럼 느껴진다.

　버스킹을 열심히 하곤 있지만, 그녀의 주된 돈벌이는 손수 꿰어 만든 장신구나 기념품을 파는 좌판에 있다. 처음에는 단순히 구슬을 꿰는 아르바이트를 하다가 차라리 재료를 사서 직접 파는 쪽이 이윤이 좋을 것 같아 본격적으로 길거리 장사를 시작했다. 무엇보다 이곳은 매일같이 다양한 새들이 낚여 올라가는 포구라 색색의 깃털을 언제든지 구할 수 있었다.

　주된 손님들은 바다를 찾는 외지인들. 그들은 바다 분위기 나는 깃털 장신구를 보며 기꺼이 지갑을 열었다. 성수기 때는 깜짝 놀랄 정도로 돈을 번 적도 있다.

　하지만 희숙은 다해의 장사를 탐탁지 않게 여겼다. 하지만 다해가 사람을 대하는 일을 지속하다 보면, 발작이 줄어들지 모른다고 며칠 동안 시위한 덕에 마지못해 수락했다. 어찌 됐든 지금은 나름 노력한 끝에 어느 정도 자리는 잡아가고 있었다.

　그녀는 완성된 작업물을 창가에 걸어 놓고 굽어 있던 허리를 곧게 폈다. 우드득 관절이 부딪치며 바로 서는 소리가 살갗을 타고 울렸다. 곧 어머니가 저녁을 먹으라며 부를 시간이다.

　다해는 옅은 피로를 하품과 함께 털어 내며 환기를 시킬 요량으로 창문을 열어젖혔다. 스며들어 온 바람을 온몸으로 맞으며, 그녀는 잠깐 눈을 감고 옅은 숨을 들이 삼켰다. 포구에 어울리는, 엉키고 고인 비릿한 짠 냄새만 코끝에 머문다.

그녀는 얼마 안 가 다시 눈을 떴다.

남자의 몸에서 났던 커피 냄새는 어디에서도 나지 않았다.

*

꿀꺽.

기영은 약을 삼켰다. 꺼끌꺼끌한 알약의 감촉이 기도를 훑고 내려간다. 때를 놓치지 않고 먹어야 하는 약인데, 카페 일에 치이다 보니 자꾸만 잊어버린다. 그는 약효가 제때 돌길 기대하면서 차분히 커피 원두를 골랐다.

실질적인 카페 운영은 선진이 도맡고 있지만, 원두를 볶는 일 만큼은 기영이 담당했다. 이건 일종의 고집이자 자부심이었다.

기영은 나무 주걱을 들고 커피 원두를 요령 있게 볶아 내기 시작했다. 이때 적절히 원두 껍질에 금이 가게 하는 것이 관건이다. 이래야 커피 향이 금을 통해 새어 나와 전체로 퍼진다. 동시에 골고루 볶아지도록 쉬지 않고 손을 놀리는 것도 중요했다.

　얼마나 커피를 볶아 냈을까, 공기 중에 달콤한 캐러멜 냄새가 차올랐다. 포근하면서도 따스한 느낌이 드는 향기다. 기영은 커피 향과 함께 숨을 깊게 들이마시면서, 볶아지고 있는 커피 원두의 맛을 가늠했다.

　톡톡—.

　한참 원두를 볶느라 정신이 팔려 있던 차에 무언가가 카페 창문을 규칙적으로 두드리는 소리가 들렸다. 숲에서 날아온 날고기들이었다. 커피를 볶을 때 나는 열기를 감지하고 우르르 몰려온 모양이었다.

　기영은 고민하다가 카페 창문을 슬며시 열었다. 날고기들이 꼬이긴 하겠지만, 어차피 방충망은 뚫지 못하니 상관없다. 그러자 카페 라드모네 안을 채우고 있던 커피 향이 바람에 섞여 밖으로 퍼져 나가기 시작했다.

　기영은 식어 가는 원두 곁을 가만히 서서 지켰다. 그가 볶아 내 완성한 커피 향은 자욱한 더운 김이 되어 숲 저편을 향해 하늘하늘 흔들렸다. 마치 누군가에게 간절히 손짓하는 것처럼 말이다.

*

수면 위를 훑은 차가운 바람이 해변 위로 불어왔다.

다해는 입고 있던 니트에 얼굴을 묻고 가볍게 기침했다. 이제 본격적으로 추워지기 시작했다. 해변에 수북하게 쌓여 있던 새벽물떼새의 깃털도 이제 드물어진 지 오래다. 가을이 슬슬 저물고, 겨울이 오고 있다는 징조였다.

훅─.

다시 한 겹 두꺼운 바람이 불어왔다. 이번에는 수면 위를 훑는 것으로 끝나지 않은, 바다 깊숙한 심연에서 건져 올린 텁텁함이 실린 바람이었다. 다해는 고개를 들어 묵묵히 수평선 너머를 바라봤다. 역시나 뿌연 안개가 밀려오고 있었다.

다해는 멈춰 섰다. 무슨 이유 때문인지는 모르지만, 어릴 때부터 이렇게 안개를 보고 있자면 무언가 거대한 것에 압도되는 기분이 들곤 했다. 그것은 괴상한 것에서 느끼는 두려움과는 사뭇 다르다. 지금의 자신을 잃어버리고, 본래 세계 귀퉁이에 편입되어 버리는 본능적인 만족감에 가깝다.

그녀는 가던 길을 멈추고 눈을 감았다. 얼마 지나지 않아 안개가 그녀와 그녀 일대를 집어삼켰다. 하얗고, 하얗고, 하얀 세계가 시야를 가득 채웠다. 가끔 들려오는 철썩이는 파도 소리만이 이곳의 시간이 멈추지 않았음을 짐작하게 할 뿐이다.

다해는 가볍게 숨을 들이마셨다. 소금기 어린 축축한 냄새가 그녀의 비강을 가득 적셨다. 여기에는 뭔가 마음을 편하게 하는 것이 있었다. 다해는 조용히 감각에 의식을 기댔다. 그런데 갑자기 무언가 이질적인 것이 불쑥 그녀의 전신을 흔들었다.

커피 냄새. 그것도 고소하면서도 달콤한.

다해는 눈을 떴다. 희미하긴 하지만 안개에 커피 냄새가 섞인다. 갓 볶아 낸 듯 어딘가 따스한 김도 함께였다. 거기다 달콤한 탄내도 희미하게 깔려 있다. 하나같이 이곳에서는 맡아 본 적 없는 냄새였다. 대체 어디서 나는 걸까. 이 의문 속에서 다해는 얼마 전에 본 적 있는 창백한 남자를 떠올렸다.

– 이 근처에서 카페를 하고 있다고 했지, 참.

다해는 자신도 모를 조급함에 밀려 주위를 두리번거렸다. 어쩌면 이 커피 냄새는 그 카페에서 비롯된 것일지도 몰랐다. 다해는 고민하다가 냄새를 따라 무작정 발걸음을 옮겼다. 언젠가 카페에서 보자는 이름 모를 남자와의 약속이 그녀의 등을 억지로 떠밀기라도 한 것 같았다.

훅–.

바람의 방향이 갑자기 바뀌었다. 안개가 가볍게 출렁이더니, 다해가 서 있던 곳부터 서서히 걷히기 시작했다. 동시에 주위에 떠돌고 있던 카페 냄새도 덩달아 씻겨 나갔다.

"아."

커피 냄새를 따라 걷던 그녀는 그 자리에서 우뚝 멈춰 섰다. 다해의 입에서 아쉬움에서 비롯되었을지 모를 탄성이 흘러나왔다. 주위를 가득 채우던 하얀 세계가 걷히고, 한가로운 포구의 풍경이 그 자리를 가득 채웠다.

이 근처에 있다. 후각으로 감지한 카페의 존재감을 되새기며 다해는 주위를 두리번거렸다. 하지만 그녀의 눈에 들어온 것은 늘 같은 포구 풍경과 모래사장 근처를 맴돌고 있는 할 일 없는 바닷새가 전부였다.

"에잇!"

다해는 왠지 심통이 나서 모래사장에 헛발질을 날렸다. 때 아닌 요란에 놀란 바닷새들은 부리나케 날개를 펴고 바닷속으로 풍덩거리며 도망쳤다. 바닷물 사이로 언뜻 보이는 새의 날개깃이 다해의 시야에 긴 궤적을 그렸다.

*

"무슨 생각을 그렇게 멍하니 하고 있어?"

선진의 말에 기영은 화들짝 정신을 차렸다. 선진은 이미 선반 정리를 끝냈는지 여유로운 표정으로 행주를 널고 있었다. 기영은 그때서야 자신이 방금 전까지 설거지를 하다가 멍하니 있었다는 걸 기억해 냈다. 기영은 황급히 싱크대에 손을 찔러 넣으며 얼버무렸다.

"벼, 별거 아니야."

손끝에 와 닿는 차가운 수돗물이 흩어졌던 감각을 붙든다. 기영은 기계적으로 접시를 씻어 내며 습관처럼 카페 밖으로 시선을 던졌다. 선진은 그런 기영을 빤히 보다가 조심스럽게 물었다.

"약은 챙겨 먹었어?"

기영은 습관처럼 고개를 끄덕였다.

"으, 응."

선진은 시원찮은 그의 대답에 수상함을 느꼈는지, 재차 물었다.

"혹시 요즘에도 그 괴상한 꿈을 꾸는 거야?"

"아니야. 요즘엔 조금 뜸해."

그는 대충 얼버무리려고 했지만, 선진은 단호한 목소리로 말을 이었다.

"그러면 다행인데, 나는 네 꿈 이야기만 들으면 증상이 심해지는 걸까 봐 걱정돼."

"증상이 심해지지도 않았고, 이상한 꿈도 아니야. 고작…… 텅 빈 바다만 나오는 꿈인걸."

기영의 대꾸를 들은 선진은 곧장 신신당부했다.

"잊지 말고 약은 꼬박꼬박 챙겨 먹어. 월급 받아서 비싼 약 샀으면 꼬박꼬박 먹어야 효과가 있지. 내가 내일 당장 커피 내릴 원두가 없어도 네 약값은 가게를 팔아서라도 챙겨 줄게. 의사도 고치기는 힘들어도 조심하면 일상생활은 가능하다고 했잖아. 그러니까 어딜 가든 가지고 다녀."

"알았어."

기영은 건성으로 대꾸하며 가볍게 한숨을 내뱉었다. 선진은 나이 차도 얼마 나지 않으면서 예전부터 그를 너무 과보호하려 해서 문제였다.

"설거지 다 했으면 이것 좀 봐 봐. 거래처에서 이런 걸 줬어."

설거지를 마칠 때쯤 기영이 불렀다. 기영은 그에게 커피 원두가 가득 담긴 비닐봉지를 내밀었다. 기영은 커피 원두를 천천히 뜯어보았다. 원두의 모양이 길쭉하고 전반적으로 색이 옅었다. 그가 알기로는 이런 모습을 한 원두는 단 하나밖에 없었다.

"리베리카?"

"대단한데? 역시 한번에 알아보는구나."

선진은 곧장 그를 치켜세웠다. 기영은 떨떠름한 얼굴로 대꾸했다.

"나도 직접 본 건 처음이야. 한국에서는 리베리카종을 쓰는 경우가 별로 없으니까. 사진으로만 몇 번 대강 봤지. 그나저나 이거 어디서 났어? 찾는 사람도 얼마 없어서 한국에 잘 들어오지 않는다고 하던데."

"발주 넣는 곳에서 줬어. 리베리카종을 시험 삼아 들여 봤는데 이걸 어떻게 마셔야 할지 도통 모르겠다고 하더라고. 낯선 원두인 만큼 독특한 매력이 있을 것 같아서 덥석 받아 왔지. 이번 축제 때 시험 삼아 써 보려고 하는데, 어때?"

며칠 후에 숲에서 열리는 숲길 걷기 축제를 말하는 게 분명했다. 참여한다고 몇 달 전부터 벼르고 있었는데, 이번에 아주 단단히 마음먹은 것 같았다. 기영은 잠시 고민하다가 답했다.

"리베리카는 쓴맛이 강해. 이거 하나만 쓰는 것보다는 다른 원두랑 배합해 보는 건 어떨까?"

"그래? 그럼 역시 아무래도 좀 더 연구를 해 봐야겠네."

선진은 그렇게 말하고서는 남은 커피를 들이마셨다. 지독한 쓴맛에 그는 인상을 쓰며 입가를 쓱쓱 닦았다. 기영은 피식 웃고는 다시 설거지에 집중했다.

"이 커피들은 뭐야?"

선진은 잔뜩 내려져 있는 커피를 보면서 물었다. 기영은 아무도 오지 않는, 어두운 창가 너머를 힐끗 바라보고는 건성으로 답했다.

"그냥 연습 삼아 내려 봤어."

"마셔도 되지?"

"마음대로 해."

허락이 떨어지자마자 선진은 식은 커피를 한 모금 마셨다. 곧 그의 입에 잔잔한 미소가 번졌다.

"맛있네. 네가 커피 내리는 솜씨는 언제 봐도 대단해."

선진은 커피잔을 들며 그를 치켜세웠다. 기영은 그 말을 듣고는 조심스럽게 물었다.

"형, 혹시 비틀즈라고 알아?"

"비틀즈?"

선진은 갑작스런 기영의 질문에 가만히 고개를 저었다.

"나도 잘 모르겠는데? 그런 가수는 들어 본 적 없어. 이번에 나온 신인이야?"

TV도 제대로 챙겨 보지 않는 기영과 달리 선진은 세상 돌아가는 일에 빠삭하다. 특히 가요와 예능을 좋아해서 웬만한 연예가는 줄줄 외우고 있는 수준이다. 그런 선진이 모른다면 그다지 이름이 알려지지 않는 가수인 모양이다.

"글쎄. 외국 가수인 것 같던데."

"그래? 그러면 혹시 인디 밴드 같은 건가. 어쨌든 비틀즈라는 가수는 처음 들어 봐. 그런데 왜?"

선진이 되묻자 기영은 적당히 얼버무렸다.

"어디선가 들었는데 갑자기 떠올라서."

"그래? 네가 가수에 관심도 가지고 참 별일이네."

속내를 알 리 없는 선진은 그저 킬킬거리며 웃기만 했다. 기영은 말없이 문 저편으로 눈을 돌렸다. 그의 기다림을 비웃듯 문 너머에서는 그저 단조로운 도시의 소음만 들려왔다.

*

"너를 사모하는 팬이 괜히 말 걸어 보고 싶어서 거짓말을 한 건 아닐까?"

"설마요."

다해는 유림의 말에 손사래를 쳤다. 하지만 유림은 뭔가 확신에 찬 얼굴이었다.

"이 근처에는 장사하는 카페가 딱히 없잖아. 분명 널 보고 반한 팬이 데이트 신청 한번 해 보고 싶어서 그런 말을 한 게 분명해. 부럽다. 청춘이네."

유림은 콧노래까지 흥얼거렸다. 다해는 그런 유림을 보면서 괜히 말했나 싶어 뒤늦게 후회가 들었다. 그녀로서는 심사숙고 끝에 털어놓은 이야기였지만, 유림은 가벼운 애정 전선 정도로만 생각하는 것 같았다.

요 며칠 장사를 하면서 기다렸지만, 바닷가에서 만났던 남자는 다시 보지 못했다. 남자가 말한 카페라도 찾고자 주위를 몇 번이나 빙빙 돌았으나 비슷하게 생긴 건물조차 없었다. 대체 그 남자는 어디의 무슨 카페로 오라고 말한 걸까. 솔직히 이제는 악질적인 장난에 걸려든 것 같아 슬슬 약이 오르기까지 했다.

다해가 이런저런 생각에 젖어 있을 무렵, 유림이 슬쩍 물었다.

"그나저나 기타는 칠 만해?"

그 말에 다해는 옆에 내려놓은 기타 케이스를 힐끔 보며 답했다.

"네. 이렇게 비싼 걸 계속 들고 다녀도 괜찮을지 모르겠어요. 언니가 주셔서 받긴 했는데…….”

"신경 쓰지 마. 어차피 나도 허세용으로 샀다가 귀찮아서 창고에 처박아 놨던 거니까. 누구라도 들고 가서 치고 다니면 그게 좋은 거지. 악기라는 게 원래 그런 거 아니겠어? 어차피 이번에 게스트 하우스 도색 작업하면서 필요 없는 물건은 죄다 가져다 버리려고 했어. 너라도 주워 가서 그렇지, 안 그랬으면 분명 쓰레기장 한구석에서 조용히 썩고 있었을 거야."

유림은 늘 그랬듯 털털하게 말했다. 하지만 다해는 불편한 마음을 감출 수가 없었다.

유림이 창고 빈자리만 차지하는 애물단지라며 기타를 건 네줄 때만 하더라도 이게 그렇게 비싼 물건일 줄 꿈에도 몰 랐다. 평소 나름 악기 하나쯤 배우고 싶은 마음도 있었고 무 엇보다 공짜로 주는 거라 그냥 덥석 받아 버렸다.

그런데 얼마 전, 좌판을 찾은 어떤 손님이 그 진가를 알 아보고 값어치에 대해 말해 준 후에야 다해는 뒤늦게 이게 창고 애물단지로 썩을 물건이 아니라는 걸 알았다. 솔직히 평소 들고 다니던 기타가 웬만한 사치품은 훨씬 웃도는 가 격의 물건이라는 것을 알았을 땐, 벼락이라도 맞은 기분이 었다.

"그렇지만……."

"얼마 전에 네가 드림캐처(Dreamcatcher)를 만들어서 줬잖 아. 보는 사람마다 다 예쁘다고 난리야. 정 마음에 걸리면 그걸로 퉁 쳤다고 생각해. 어차피 너 아니면 치고 다닐 사람 도 없어."

다해가 여전히 불편한 기색을 보이자, 유림은 창가에 놓 인 드림캐처를 가리키며 껄껄 웃었다. 언젠가 유림에게 잠 자리가 뒤숭숭하다는 말을 듣고 선물해 준 것으로, 솔직히 기타와 비교하면 허접하기 짝이 없었다.

"그러지 말고 이번 기회에 너도 한번 인터넷 가수로 데뷔

해 보는 게 어때? 인터넷에서 단독 채널 가지고 그런 식으로 공연하는 사람 많던데."

유림의 제안에 다해는 고개를 저었다.

"에이, 제 실력으로 무슨 데뷔예요. 전 지금 그냥 길거리에서 부르는 정도로도 만족하고 있어요. 무엇보다 아직 얼굴도 모르는 사람들이 제 노래를 듣고 있다고 생각하면 솔직히 좀 부담스럽거든요. 노래도 못하는 주제에 나선다고 뭐라고 하면 어떻게 해요?"

"그러지 말고 한번 생각해 봐. 대박 날지도 모르잖아? 우와, 그러면 나 미리 사인 받아 놔야 되는 거 아냐? 그럼 우리 게스트 하우스도 장사 잘되려나. 대스타가 놀러 오던 곳이라면 사람들도 많이 오겠지?"

말도 안 되는 꿈에 젖어 너스레를 떠는 유림을 보면서 다해는 참지 못하고 웃음을 터트렸다. 이상하게 유림과 이야기하다 보면 세상만사가 모두 웃으면서 흘려보낼 가벼운 농담 정도로밖에 느껴지지 않는다. 어쩌면 그것이 마흔이 넘어가는 그녀와 허물없는 친구처럼 언니 동생 할 수 있는 이유일지도 몰랐다.

"아참, 너 요즘에도 그 꿈을 꾸니?"

그러다 불쑥 유림이 물었다. 다해는 고민하다가 어깨를 으쓱였다.

"늘 똑같죠, 뭐."

다해는 턱을 괸 채 중얼거리듯 말을 이었다.

"한적한 카페에 앉아 깊은 숲을 하염없이 보는 꿈. 저는 지금까지 그 꿈밖에 꾼 적이 없어요."

이렇다 할 내용도, 사건도 없다. 그저 손님 없는 카페에 서서 우거진 숲을 하염없이 바라본다. 까마득한 옛날부터 이어졌던, 실로 한결같은 꿈이다.

유림은 그런 다해를 보며 곰곰이 뭔가를 생각하더니, 진지한 얼굴로 말했다.

"너만 괜찮다면, 나랑 같이 큰 병원에 가 볼래? 이쪽 방면 으로 효과 좋은 병원을 내가 알아봐 줄 수 있어."

"아니에요. 전 괜찮아요."

다해는 고개를 저었다. 그리고 가라앉은 목소리로 말을 이었다.

"어차피 꿈은 꿈일 뿐이니까요."

고래는 자유로이 날아오르고

각각의 커피 원두가 가진 특색을 바탕으로 서로의 단점을 보완할 조합을 찾는다. 개성이 강한 원두를 중심으로 삼고, 그것을 보완해 줄 수 있는 방향으로 원두를 골라 배합한다. 사뭇 달라 보이는 향과 맛이라도 어떻게 배합하느냐에 따라 천차만별로 달라진다. 비율이 조금만 달라져도 전혀 다른 커피가 만들어지는 만큼, 항상 자신만의 배합을 기억하고 있어야 한다. 이리저리 갈팡질팡하다가 뒤섞어야 할 부분을 놓쳐 버리면, 그 한 잔은 영영 사라지고 만다.

*

도시는 하나의 생물체에 비유할 수 있다.

그는 이 말을 어디선가 들은 적이 있었다. 그때가 언제인지는 자세히 떠오르지 않는다. 아마 초등학교 고학년 때가 아니었을까 막연히 추측만 할 뿐이다.

하여튼 그 사람의 말에 의하면, 우리가 사는 도시는 생물과 유사한 특성을 가진 거대한 유기체로 볼 수 있단다. 그리고 그 안에 살고 있는 사람들은 일종의 세포 역할을 한다. 도시가 커짐에 따라 물류나 자본 역시 밀집되고 더 많은 사람들이 몰리면서 각자의 역할과 기능이 세분화된다.

가령, 쇼핑센터나 도심지는 도시의 심장과도 같다. 사람들의 교류가 매일매일 이어지며 도시의 활기를 책임지는 역할을 한다. 그리고 중심지로 통하는 큰 도로는 도시의 동맥과 정맥이며 주택가를 휘감은 좁은 골목들은 모세혈관인 셈이다. 그리고 밤이 되면 사람들이 각자의 집으로 돌아가 잠자리에 들듯 도시 역시 빌딩의 불을 꺼트리고 내일을 위해 전력과 활동력을 아낀 채 잠이 든다.

– 저기요! 도시도 뇌가 있나요?

당시 무슨 생각이 들었는지는 모르지만 그는 꽤 당돌한 질문을 했었다. 그 사람은 자신의 말을 중간에 뚝 끊은 어린아이에게 어색한 미소를 지어 보였다.

– 뇌?

– 네, 맞아요. 뇌요. 도시도 살아 있으면 도시도 뇌가 있

을 거 아니에요?

그러자 그 사람은 그때서야 마음 놓인 얼굴로 답변했다.

─ 당연히 있지. 시청이나 관청, 동사무소처럼 여러 가지 법을 제정하고 시민들이 살아갈 수 있게 도움을 주는 곳이 바로 도시의 뇌란다.

그리고 그 사람은 난데없이 날아든 공을 시원하게 걷어찬 축구선수처럼 의기양양한 표정을 지어 보였지, 아마.

─ 저기요, 그러면 도시도 꿈을 꾸나요?

─ 꿈?

─ 네, 꿈이요. 도시도 살아 있는 존재라면 당연히 꿈을 꾸지 않을까요?

역시나 누구인지는 모른다. 하지만 그와 함께 있었던 어린아이 중 하나였을 것이다. 그의 질문이 끝나자 기다리고 있었다는 듯이 새된 목소리로 질문을 던졌다.

─ 뇌도 있고 잠도 잔다고 했잖아요. 그러면 당연히 꿈도 꾸지 않겠어요?

그야말로 순수한 호기심에 시작되었을 물음. 아쉽게도 그 사람이 뭐라고 답변을 했었는지 잊어버렸다. 나름 답변자를 당황시킬 재밌는 물음이었는데. 그는 몇 번이고 그 사람이 뭐라고 말했을지 상상하며 기억을 더듬었지만 잡히는 것은 따로 없다. 흐리멍덩한 웅성거림만 어른거릴 뿐이다.

대신, 그 당시의 추억을 회상할 때면 언제나 이런 궁금증만 남았다. 도시도 꿈을 꾼다면 과연 무슨 꿈을 꿀까. 그리고 도시의 꿈속에도 도시가 나올까. 그러면 도시의 꿈속에도 누군가 살고 있을까. 꿈속의 도시에 살고 있는 사람은 자신이 도시의 꿈속에서 살고 있는 것을 알까. 매일 빙글빙글 돌기만 하는 질문. 답을 찾아 골똘히 생각에 빠져 있다 보면 어느새 목소리 하나만 그에게 묻는다.

– 저기요, 그러면 도시도 꿈을 꾸나요?

*

"준비 다 했어?"

선진의 목소리에 기영은 설핏 잠에서 깼다. 축제 준비를 하기 위해 짐을 나르고 있던 중이었는데, 또 멋대로 잠에 든 모양이었다. 선진은 걱정스러운 얼굴로 그에게 물었다.

"또 잠들었나 보네. 약 안 먹었지?"

"먹었어."

기영이 시큰둥하게 대꾸하자, 선진은 도끼눈을 뜨고 캐물었다.

"거짓말하지 마. 너 또 약 먹는 거 까먹었지?"

"어제 늦게까지 축제 준비하느라 피곤해서 그래."

그는 여기까지 말하고서 서둘러 자리에서 일어났다. 그리고 선진의 잔소리를 피해 나르던 짐을 마저 트럭에 실었다. 아직 잠기운이 가시지 않아 몽롱했지만, 게으름을 피울 수는 없었다.

오늘 근접한 숲에서 가을맞이 숲길 걷기 축제가 열린다. 이름 그대로 작은 오솔길을 따라 숲을 굽이굽이 걸으면서 즐기는 축제로, 걷다 보면 수정고래의 대규모 이동을 관찰할 수 있다. 시에서 자체적으로 꾸준히 홍보한 덕에 그럭저럭 입소문을 탔다.

어떻게 보면 참 흔해 빠진 지역 축제일지 모르지만, 딱히 외부인들의 발길이 닿을 일이 없는 곳인 만큼 도시는 요 며칠간 전에 없는 활기로 들썩였다.

특히 선진 같은 영세업자들은 이번 축제 기간 동안 어떻게든 외부인들의 돈을 끌어모아 볼까 다들 고심하고 있었다. 선진이 이번에 무리를 해서 트럭 카페를 빌린 것 역시 작년에 축제가 벌어들인 매상을 두 눈으로 확인한 데 이유가 있다.

선진 역시 오늘을 위해 카페 트럭까지 빌렸다. 이름하여 카페 라드모네 2호점. 그래 봤자 3일밖에 운영하지 않을 거면서 POP로 그럴듯한 간이 간판까지 만들었다. 음료 재료들도 전부 새로 주문한 데다가 사실상 카페 운영을 3일 동안 쉬는 것이나 다름없어 경영적인 면으로는 출혈이 제법 컸다. 기영은 오늘 어떻게든 이윤을 내야 한다는 생각에 벌써부터 어깨가 무거웠다.

"다 실었어? 그럼 얼른 가자. 하나라도 더 팔려면 일찍 자리를 잡아야지."

그런 기영과 달리 선진은 느긋하기 그지없었다. 비닐 우비를 눌러쓴 그의 얼굴에는 싱글벙글 미소까지 걸려 있다. 카페 오너로서 위기의식이 있기나 한 걸까. 선진은 콧노래까지 흥얼거리면서 운전석에 올라탔다. 모르는 사람이 본다면 차까지 끌고 근교로 놀러 간다고 해도 믿을 것 같다.

차에 타자마자 창가에 추적추적 내린 비가 긴 포물선을 그렸다. 겨울의 시작을 알리는 비였다. 빗줄기에 섞여 내리는 싸늘한 한기 때문인지 어딘가 을씨년스럽게 느껴지기까지 했다.

숲 근방에 들어서기 무섭게 빵빵거리며 꼬리를 물고 있는 자동차들의 행렬이 가장 먼저 보인다. 오늘 비가 와서 사람들이 얼마 오지 않을 것이라 가볍게 넘겨짚은 기영의 생각과는 정반대였다. 자동차의 행렬 저편에는 숲이 묵묵히 이 모든 소란을 견디고 있었다.

선진은 도로 갓길에 트럭 카페를 멈춰 세웠다. 축제장 입구는 붐빌 테니 일단 여기서 조금이라도 팔아 보자는 일종의 틈새 공략이었다.

선진은 입고 있던 비닐 우비를 후다닥 벗고 유니폼 차림으로 가판 앞에 섰다. 평소에 늘 입고 다니던 옷이었지만 오늘을 위해 칼같이 각을 세워 다린 덕에 훨씬 말끔해 보였다. 선진은 자신의 옆에서 주섬주섬 장사 준비를 하는 기영에게 은색 나비넥타이를 내밀었다.

"우리는 꽃미남 전략으로 간다."

선진의 말에 기영은 어이가 없었다.

"도대체 이런 건 어디서 난 거야?"

"언젠가 이런 날이 올 줄 알고 사 놨지. 어울리지 않아?"

선진의 목에는 이미 보란 듯이 나비넥타이가 걸려 있었다. 선진은 본인의 모습이 자랑스러운지 의기양양하게 웃어 보이기까지 했다. 하지만 기영의 눈에는 꼭 술집 호스트처럼 비쳤다.

"꽃미남이 아니라 호스트처럼 보이는데."

"싫어도 얼른 차. 사장 명령이다."

"이럴 때만 사장이지."

기영은 하는 수 없이 목에 은색 나비넥타이를 맸다. 목 바로 아래 반짝이는 것을 차고 있으니 죄수가 되어 칼을 찬 기분이다. 사실 사람 만나는 것을 어려워하는 기영에게 오늘처럼 북적이는 날은 그리 달갑지 않다. 하지만 그러거나 말거나 선진은 이미 간판까지 내걸고 본격적으로 에스프레소 머신을 달구고 있었다.

"저기 봐."

기영은 장사 준비를 하다가 나지막이 선진을 불렀다. 커피 내릴 준비를 하고 있던 선진은 기영의 말을 따라 고개를 돌렸다. 그러자 하늘 저편으로 날아가고 있는 수정고래의 행렬이 그의 시야를 가득 채웠다.

"시작하나 보네."

고래 무리를 보며 선진은 중얼거렸다. 수정고래라는 이름처럼 반짝이는 피부를 가진 고래들은 숲에서 나와 열을 지어 저 먼 하늘 저편으로 날아갔다. 수정고래는 가장 나이 많은 암컷을 선두로, 다이아몬드 대열을 이룬 채 비행을 한다. 고래들이 커다란 지느러미를 펄럭거릴 때마다 옅은 돌풍이 일어 지상을 쓸었다. 거대한 동물이 저렇게 움직이는 것은 언제 봐도 장관이었다. 기영은 그걸 보면서 중얼거렸다.

"저렇게 큰 동물이 하늘을 난다는 게 조금 신기하지 않아?"

"어련히 날 방법이 있어서 나는 거겠지."

선진은 가볍게 대답했다. 기영은 이어지는 고래 행렬을 보면서 나비넥타이를 고쳐 맸다. 고래의 행렬이 시작된 만큼, 본격적으로 사람들이 몰릴 게 분명했다.

그렇게 막상 개시를 시작하자 트럭 카페는 생각 밖으로 북적였다. 꽉 막힌 도로 위를 기다리다 못해 차 밖으로 나온 사람들은 의외로 많았다. 문제는 주된 고객이 고사리손으로 스무디나 생과일주스를 주문하는 어린아이들이라는 점이었다. 내심 새로운 원두 조합을 홍보할 계획이었던 둘로서는 조금 실망스러운 상황이 아닐 수 없었다.

"주문하신 딸기 스무디 두 잔 나왔습니다."

기영은 양 갈래로 머리를 곱게 땋은 자매에게 스무디 두 잔을 내밀었다. 벌써 스무디만 30잔 넘게 팔렸다. 물론 장사가 잘되는 것은 좋은 일이지만 몇 날 며칠을 고심하며 원두를 배합했던 것이 헛고생처럼 느껴졌다.

기영은 여기까지 와서 커피 한 모금도 마셔 보지 않고 돌아가는 손님들을 볼 때면 못내 야속한 기분이 들었다. 선진 역시 대놓고 말은 하지 않았지만 스무디 얼음만 갈고 있자니 답답한 얼굴이었다.

"지금 아메리카노 10잔만 포장해 줄 수 있어요?"

뜻밖의 응원군이 나타났다. 두꺼운 안경을 눌러쓴 뚱뚱한 중년 여자였는데, 입고 있는 파란 점퍼를 봐서는 축제 운영위원인 듯싶었다. 주문을 받고 기영과 선진은 깜짝 놀라 서로를 바라보았다. 커피 10잔이라니. 그것만큼 반가운 주문도 없었다.

"조금만 기다리세요!"

"금방 만들어 드릴게요!"

둘은 누가 먼저라고 할 것도 없이 빠르게 대답했다. 얼마 안 가 그들 앞에 김이 모락모락 올라오는 커피 10잔이 쌓였다. 그런데 막상 커피가 나오자 여자는 난처한 표정을 지었다.

"웬만하면 들고 가려고 했는데 막상 보니 생각보다 양이 많네. 혹시 누구 한 명 축제 지원 본부까지 배달 좀 해 줄 수 있어요? 웃돈 좀 얹어 줄 테니까 이것 좀 들어다 줘요."

예상치 못한 요청에 기영은 헛기침을 집어삼켰다. 물론 얼마든지 들어다 줄 수 있었다. 하지만 문제 되는 건, 누가 가든 결과적으로 자신은 사람들이 득실거리는 곳에 혼자 남게 된다는 점이다.

기영은 조심스레 선진의 눈치를 살폈다. 선진이 그것을 허락해 줄 리 만무했지만 여기서 아쉬운 사람은 어디까지나 이쪽이다. 그렇다면 그가 뭐라고 하기 전에 자신이 먼저 나서야 했다.

"내가 갈게."

선진의 얼굴에서 거절의 뜻이 비치기도 전에 기영은 재빨리 말을 내뱉었다. 역시나 선진은 적잖이 놀란 얼굴로 물었다.

"괜찮겠어?"

"그냥 가져다주고 오기만 하면 되는 건데 뭘. 설마 무슨 일 있으려고."

기영은 일부러 어색하게나마 너스레를 떨었다. 이렇게라도 말하지 않으면 선진은 밑도 끝도 없이 걱정하며 혼자 불안에 떨고 있을 게 분명했다. 기영은 보란 듯이 포장된 커피를 종이 상자 안으로 차곡차곡 밀어 넣었다. 뒤에서 그 모습을 지켜보던 선진은 걱정 어린 목소리로 말했다.

"그냥 축제장 입구에 기다리고 있어. 어차피 여기서 오래 있을 생각은 아니었으니까 조금 있다가 정리하고 바로 거기로 갈게. 약은 챙겼지?"

그 말에 기영은 습관처럼 자신의 오른쪽 가슴팍 윗주머니에 손을 얹었다. 동그라면서 딱딱한, 익숙한 감촉이 돋을새김처럼 피부 위에 와 닿는다. 이제는 너무 친근하여 오히려 몸의 일부처럼 느껴진다. 아니, 어떤 의미에서 이건 신체기관 그 이상의 존재일지 몰랐다.

"누구 말씀대로 늘 가지고 있으니까 걱정하지 마."

"늘 말하지만 네가 조금만 건강했어도 내가 이런 말을 하지는 않았을 거다."

선진은 몇 번이나 기영에게 확답을 받아 냈지만 끝내 걱정 어린 눈길은 거두지 않았다. 나이를 아무리 먹어도 이런 취급을 받아야 하다니. 기영은 씁쓸히 미소 지었다. 언제나 드는 생각이지만, 이런 자신의 처지가 처량하면서도 한편으로는 어이없을 만큼 웃겼다.

"그럼 가 볼게."

"무슨 일 있으면 바로 연락하는 거 잊지 마라."

가는 순간에도 선진의 걱정은 끝날 줄 몰랐다. 기영은 고개를 까딱이는 것으로 대답을 대신했다. 양손 가득 들려 있는 커피의 묵직한 무게가 그의 어깨를 짓눌렀다. 기영은 갓난아이가 조심스럽게 서툰 걸음마를 떼듯 천천히 발걸음을 움직였다. 축제장에서 시작되었을 소란스러운 말소리만 바람결에 파편처럼 섞여 그런 그를 가만히 스쳐 지나갔다.

*

겨울이 찾아올 무렵이 되면, 포구는 활기로 가득 찬다.

새벽물떼새는 털갈이를 끝내면 모두 모여 얄팍한 모래사장에 알을 낳는다. 그리고 깃털로 둥글게 담을 쌓은 뒤에 심해 깊숙한 곳으로 돌아간다. 새벽물떼새의 알은 사람 주먹보다 작은 크기였지만, 맛이 부드러워 별미로 통했다.

그래서 이맘때가 되면 새벽물떼새의 알을 맛보기 위한 미식가들의 발걸음이 끊이질 않고 찾아온다. 매일같이 북적이는 인파를 상대하려면 가만히 손을 놀리고 있을 틈이 없다. 포구 사람들은 장화를 신고 모래사장 깊숙한 곳에 있는 알을 찾기 바쁘고, 식당 사람들은 알을 부지런히 손질하고 조리하기에 정신이 없다.

그리고 이 순간은 다해에게도 바쁜 시기였다.

"언니, 저 왔어요!"

다해는 양손 가득 짐을 든 채 게스트 하우스에 들어왔다. 유림은 그런 그녀를 반갑게 맞이했다.

"어서 와. 물건은 많이 팔렸어?"

"어휴, 말도 말아요. 남은 물건들을 싹 다 해치웠어요."

다해는 의기양양한 어투로 답했다. 알을 맛보기 위해 찾아온 이들은 포구 구석에 놓인 액세서리 좌판에 곧잘 관심을 가지곤 했다. 새벽물떼새의 깃털로 만든 액세서리는 그런 의미에서 훌륭한 기념품이었다.

"다음 주부터 금란기(禁卵期)가 시작되지 않는다면, 더 팔아 치울 수 있을 텐데 아쉬워요."

다해는 오늘 올린 매상액을 헤아리며 중얼거렸다. 유림은 그 말을 듣고 어이없다는 투로 웃었다.

"야, 그러다가 새벽물떼새의 씨가 마르면 어쩌려고 그래?"

다해는 유림의 말에 진지하게 대답했다.

"진짜 씨가 말라 버리면, 제가 만든 상품의 값어치가 더 올라가지 않을까요? 멸종해 버린 새벽물떼새의 마지막 깃털로 만든 거잖아요."

"나는 네가 가끔은 무서울 때가 있어."

유림은 수더분하게 웃으면서 다해 앞에 바구니 하나를 내려놓았다. 그 안에는 깃털 몇 오라기가 붙어 있는 새벽물떼새의 알이 담겨 있었다.

"언니가 직접 가지고 오신 거예요?"

"응. 새벽에 일찍 나가지 않으면, 다른 사람들에게 빼앗겨서 맛볼 수가 없잖아."

새벽물떼새의 알을 맛볼 수 있는 기간은 딱 2주뿐이다. 그 뒤로는 금란기에 들어가기 때문에 채취가 불가능하다. 이런 희소성 때문에 여차하면 구경도 못할 수도 있다.

"참 신기하죠? 새벽물떼새는 어쩌다가 이런 색을 가지게 됐을까요?"

다해는 알에 붙어 있는 파란 깃털을 보며 중얼거렸다. 청록색으로 반짝이는 새벽물떼새의 깃털을 보고 있노라면 꼭 조각난 바다를 마주 보고 있는 기분이 들었다.

"바다 깊숙이 사는 새라 그런 거 아닐까?"

유림은 건성으로 대꾸하며 알 몇 개를 깨트렸다. 그리고 휘휘 저으며 말을 이었다.

"너 점심 아직 안 먹었지? 새벽물떼새 알로 프라이를 만들어서 토스트랑 같이 먹으려고 했는데, 어때?"

"언니가 만들어 준 것이라면, 전 뭐든 좋아요."

"우리 다해는 뭐든지 잘 먹어서 참 좋아. 그럼 만들고 있는 동안 커피 믹스 좀 사 올래? 다 떨어졌거든."

다해는 음식을 먹고 나면, 항상 입가심으로 커피 믹스를 마시곤 했다. 매끼 먹다 보니 아무리 사다 놔도 금방 동이 났다.

"저번에 사 온 거 벌써 다 마셨어요? 그렇게 인스턴트커피를 매일 마셔 대다가 탈나도 전 몰라요."

"넌 한국 커피 믹스의 절대 비율을 몰라서 그래. 내가 온 세상을 걸어 다니면서 커피란 커피는 다 먹어 봤지만, 한국 커피 믹스만 한 게 없었다니까."

유림의 너스레에 다해는 피식 웃었다.

"어휴, 알았어요. 금방 갔다 올게요."

어차피 다시 돌아오면 금방이니 이것만 챙기면 되겠지. 그러다가 그녀는 바깥에서 불어오는 싸늘한 겨울바람을 보고 황급히 좌판대 한구석에 챙겨 놓은 목도리를 꺼냈다.

안 그래도 평소에 말을 많이 하느라 목이 갈라져 가는 데 이럴 때일수록 감기에 조심해야 한다. 다해는 목도리를 둘둘 감아 머리까지 파묻었다. 푹신한 감촉이 볼에 와 닿았다.

다해는 종종걸음으로 게스트 하우스를 나섰다. 바다에서 기어 나온 거대하고 탁한 안개의 흐름이 그런 그녀를 조용히 집어삼켰다.

*

기영은 양손 가득 커피 캐리어를 쥔 채 축제 지원본부로 향했다.

축제장 펜스를 따라 쭉 걸어가기만 하면 되니, 굳이 길을 헤맬 걱정은 없었다. 그런데 벌써부터 주위에 자신을 힐끔힐끔 쳐다보는 시선으로 가득 찬 것 같은 느낌에 주눅이 들었다. 카페 일을 하면서 대인기피증이 어느 정도 완화되었다고 생각은 하고 있었지만, 역시나 수년간 앓아 온 고질병이 그렇게 쉽게 나을 리 만무했다.

축제장은 바깥에서 본 것 이상으로 북적였다. 길 양편으로는 싸구려 기념품을 파는 좌판이 늘어져 있고 흥정하는 목소리가 철 지난 댄스 음악과 함께 떠돈다. 그리고 빛과 온기를 따라 몰려든 날고기들이 떼를 지어 주위를 오가고 있다. 평범하고 그저 그런 지역 축제의 전형적인 풍경만 모아서 엮어 놓은 것 같다.

그 순간, 왁자지껄하는 소리가 들렸다. 그는 화들짝 놀라 소란이 번지는 방향으로 시선을 옮겼다. 그러자 커다란 관광버스에서 꾸역꾸역 사람들이 내리고 있는 모습이 보였다. 그리고 사람들이 이쪽으로 오고 있었다.

그는 본능에 가까운 경악을 깊숙이 끌어 삼켰다.

저들이 자신에게 별다른 악의가 없다는 것은 그 역시 알고 있다. 하지만 모든 것이 그렇듯이 머리로 이해하는 것과 감정으로 받아들이는 것은 별개의 문제다. 곁에 선진이 있다면 그나마 덜하겠지만, 지금은 그마저도 없다. 뭉친 사람들이 자신에게 오고 있다는 것을 인지한 순간부터 손이 걷잡을 수 없이 떨리기 시작했다.

기영은 반사적으로 길 한쪽으로 비켜섰다. 그리고 눈을 내리깔고는, 어서 저들이 자신 옆을 무심히 지나가 주기를 기다렸다. 커피 캐리어를 쥔 양손이 사시나무처럼 떨렸다.

"괜찮으십니까?"

새된 목소리가 그에게 닿았다. 이름 모를 중년 남자 하나가 걱정 어린 얼굴로 내려다보고 있었다. 아니, 하나가 아니다. 셋, 다섯, 열, 스물, 어쩌면 그 이상. 옆으로 남자와 비슷한 표정을 짓고 있는 사람들이 자신을 호기심과 걱정이 뒤엉킨 눈으로 내려다보고 있었다. 벤치에 앉아 달달 떨고 있는 기영을 발견하고는 다들 가던 길을 멈춰 세운 모양이었다.

기영은 순간 어버버버, 자신이 생각해도 무슨 뜻인지도 모를 말을 내질렀다. 분명 괜찮다고 말을 하려 했는데 입이 제멋대로 움직였다. 수많은 시선이 자신의 몸에 내리꽂혔다고 생각하자 견딜 수 없는 두려움과 혐오가 치밀어 올랐다.

그는 벌떡 자리에서 일어났다. 일대에 짧은 비명이 스쳐 지나갔다. 기영은 숨을 몰아쉬면서 도망칠 곳을 찾았다. 사람이 없는 곳, 온전히 혼자 남겨져 있을 수 있는 조용한 곳. 어서 그곳으로 가야 한다. 이 일념만이 머릿속에서 또렷하게 떠올랐다. 무언가 생각할 수 있는 사고는 진즉에 날아가 버린 지 오래였다.

그는 커피 배달도 잊은 채 무작정 달리기 시작했다. 사람들의 눈초리가 자신에게 향하고 있다고 생각하니 머리가 아팠다.

"아아."

탄성인지 괴성인지 모를 소리가 그의 성대 위에서 흘러나왔다.

그러다가 숲 아래 우거진 나뭇가지 틈이 눈에 들어왔다. 숲으로 통하는 수많은 입구 중 하나. 수풀만 무성하게 뒤덮고 있는 깊이 모를 어둠이 그에게 작은 공간을 내보인다. 이리로 오렴, 하고 어르며 부르는 것 같다.

기영은 비틀거리면서 그 안으로 걸어 들어갔다. 지금은 그저 조용히 진정할 수 있는 곳이 필요했다. 나무 틈 사이에서 흘러나온 물안개만 무심히 그가 남긴 빈자리를 껴안았다.

*

써늘한 통증이 목 뒤편을 찍어 눌렀다.

다해는 자신의 목이 날 선 각도로 꺾여 있다는 것을 뒤늦게 깨달았다. 그녀는 흔들리는 신음을 흘려 내며 천천히 눈을 떴다. 그러자 시야 가득 고요한 숲의 풍경이 들어왔다.

– 또 잠들어서 어디인지도 모를 곳으로 와 버린 걸까.

식빵과 커피를 사기 위해 게스트 하우스를 나왔던 것까지는 기억이 난다. 그런데 그 이후로는 마치 잘라 낸 것처럼 기억이 뚝 끊겼다. 지금 자신은 어디인지도 모를 깊은 숲 어귀에 있다.

얼마나 여기에 오래 있었는지는 모르지만, 뻣뻣하게 굳은 몸의 관절과 근육이 삐거덕거리며 비명을 내지른다. 그녀는 주춤거리며 발걸음을 옮겼다. 길눈이 어두워서 당장 자신이 나고 자란 포구 근처를 벗어나면 버스 노선도 제대로 모른다. 무엇보다 집에 있는 엄마가 가장 먼저 신경 쓰였다.

만약 연락 없는 시간이 길어지면 엄마는 분명 자신이 어딘가에 또 잠들어 쓰러져 있는 것이라 굳게 믿고 사색이 되어

난리를 피울 게 분명했다. 거기다 하필 얼마 전에 휴대 전화도 고장이 나서 수리를 맡겨 놓은 상태였다.

다해는 일단 여기서 벗어나야 한다는 생각에 무작정 발걸음을 내디뎠다. 조용한 숲속에 조급함 섞인 그녀의 발소리가 차올랐다. 근처에 어슬렁거리는 사람이라도 있다면 붙잡고 길이라도 물으련만, 이상하리만큼 이곳은 깊은 정적에 잠겨 있다.

– 도대체 이렇게 길을 잃어 본 게 얼마 만이었지.

다해는 기억을 더듬으며 숫자를 헤아렸다. 그녀는 불안에 떨면서 옷 주머니를 뒤졌다. 하지만 거기에 있어야 할 약은 잡히지 않았다. 엎친 데 덮친 격이라고 약마저 가져오지 않은 모양이었다. 조금씩 초조함이 고개를 쳐들었다.

그렇게 얼마나 걸었을까, 어느 수풀 귀퉁이에 이르자 시야 한 구석에 새카만 그늘이 드리워졌다. 다해는 깜짝 놀라 다리를 멈춰 세웠다.

어둠. 그건 어둠이었다.

그냥 후미진 구석에 드리워진 옅은 그늘 정도가 아니다. 짙고 깊은 밤에서 뻗어 나왔을 한 뭉치의 거대한 어둠이 어느 지점부터 짙게 내리깔려 있었다. 근처에서는 스산한 한기마저 느껴졌다.

다해는 어둠이 자리 잡고 있는 곳으로 슬쩍 발걸음을 내디뎠다. 그러자 싸늘하게 식은 밤의 추위가 살갗을 적셨다. 머리 위로는 검푸른빛으로 얽어진 밤하늘까지 깔려 있다. 단순한 착각 같은 것이 아니었다. 꼭 어두운 터널로 향하는 입구에 서 있는 듯한 느낌이었다.

그녀는 조심스럽게 그 경계 사이를 손끝으로 훑었다. 그녀의 손 위로 한밤의 추위가 한낮의 열기가 번갈아 가며 지나쳤다. 그러다가 본능적인 두려움에 서둘러 손을 거둬들였다. 혹시 자신의 손에 무슨 일이라도 있을까 싶었지만 딱히 이렇다 할 상처는 없었다.

– 이게 대체 뭐야.

다해는 의문 섞인 숨을 토해 내며 미간을 찌푸렸다. 그러다 숲 저편에서 바닥을 내리쓸며 불어온 바람 한 줄기가 훅 하고 다해의 얼굴을 뒤덮었다.

커피 냄새였다. 고소하면서도 살짝 씁쓸한.

맡아 본 적 있었다. 얼마 전 바닷가 근처에서 맡았던 냄새다. 어디서부터 시작되었는지는 모르지만, 저 멀리 어딘가에서 지속적으로 밀려오고 있다.

그녀는 킁킁거리며 바람에 파편처럼 밀려온 커피 냄새를 들이마셨다. 커피 냄새는 점점 더 진해졌다. 고작 몇 걸음 떨어진 곳, 당장 저편에서 날려 오고 있다.

다해는 잠깐 머뭇거리다가 밤이 머무는 길목으로 걸어 들어갔다.

 – 이곳으로 넘어올 때도 별 무리 없었으니 돌아갈 때도
이렇다 할 일은 없겠지. 어서 길만 물어보고 돌아가는 거야.

그녀는 이 생각만 곱씹으며 스며드는 불안감을 억지로
무시했다. 그리고 커피 냄새가 나는 방향으로 천천히 걸어
갔다.

햇볕 아래를 벗어나자 미처 몰랐던 추위가 몸에 내려앉았
다. 비록 뒤틀린 공간에 있는 밤이지만 그 안에 담긴 한기는
진짜였다. 그녀는 살짝 떨면서 몸을 움츠렸다. 숨을 들이쉴
때마다 폐부 가득 찬 공기가 들어찼다. 이대로 있다가는 길
도 물어보기 전에 동사할 참이었다.

문득 언젠가 설원에서 조난당한 사람의 이야기가 떠올랐
다. 그 사람은 살아남기 위해 미친 듯이 노래를 부르고 춤을
춰서 겨우 동사를 면했다고 들었다. 직접 몸의 열을 내서 추
위를 이겨 낸 것이다.

그 정도라면 얼마든지 할 수 있다. 다해는 잠시 심호흡을
했다. 어차피 보는 사람도 없으니 거리낄 것도 없었다. 그
녀는 몇 번 목을 가다듬고는 아는 노래를 마구잡이로 부르
기 시작했다.

비록 가사나 음정은 엉망이었지만, 간절함이 섞인 탓인지
추위가 차츰차츰 희미해져 간다. 다해는 온몸의 힘을 쥐어

짜 노래를 부르고 또 불렀다. 그러면서 어서 빛이, 사람이, 여기서 자신을 구해 줄 누군가가 나타나기만을 기다렸다.

하지만 아무리 걸어도 숲은 그 끝이 보이질 않았다. 양옆으로 자라난 나무와 풀들이 마지막 남은 빛마저 삼켜 버린 것 같다. 거기다 설상가상으로 커피 냄새도 조금씩 바람결에 옅어져 간다. 오직 정적만이 내린 이곳에 찾을 수 있는 타인의 흔적마저 사라져 버리면, 자신은 이대로 영영 고립되어 버린다. 다해는 마음이 급해졌다. 일대에 내리깔린 깊은 침묵이 천천히 그녀를 짓눌렀다.

"아무도 안 계세요?"

다해는 참다 못해 목소리를 높였다. 어서 누구든 붙잡고 이곳을 나가야 한다는 생각만 간절했다.

"저기, 제가 길을 잃었는데요. 혹시 제 목소리가 들리면 뭐라고 대답 좀 해 주시겠어요?"

그녀는 어딘가에 있을지 모를 누군가를 향해 소리쳤다. 아직도 커피 볶는 냄새가 길가에 진하게 남아 있다. 만약 방금 전 누군가가 자신의 목소리를 들었다면 곧 대답이 들려올 것이다. 다해는 천천히 감각을 기울였다.

부스럭, 수풀이 밟히는 소리가 뒤편에서 들렸다. 이윽고 저 너머, 나뭇가지 사이를 비집고 내려온 달빛 아래에 어른거리고 있는 무언가가 눈에 들어왔다.

그것은 분명 사람의 그림자였다.

"누구세요?"

다해는 용기를 내어 조심스럽게 물었다. 곧 저벅거리는 발소리와 함께 누군가 불쑥 고개를 내밀었다.

"당신은⋯⋯!"

상대를 알아본 것은 다해가 먼저였다.

안개가 끼던 날 만났던, 커피 냄새가 나던 창백한 인상의 남자. 그가 지금 어둠 저편에 서 있었다.

*

기영은 자신의 입을 양손으로 틀어막고서는 몇 번이나 숨을 내쉬고 들이쉬는 것을 반복했다. 후욱, 후우욱. 들숨과 날숨이 오갈 때마다 양 볼 가득 뜨거운 입김으로 가득 찬다.

그는 어느 정도 진정이 찾아오자 몸을 쭈그리고 있던 나무 등걸에 머리를 눕혔다. 그래도 아까처럼 숨이 벅차 오지는 않는 걸 다행이라고 여겨야 할까. 자신은 분명 아무도 없는 숲 귀퉁이에 웅크리고 앉아 있지만, 곳곳에 있는 작달막한 틈새로 삐져나온 몇 갈래의 눈길이 아직도 자신을 더듬는 것 같다.

대인기피증은 그가 청소년기를 지나면서 얻은 병이다.

카페에서 일하며 조금은 나아지긴 했지만, 여전히 사람이 많이 몰리면 헤아리기 힘든 공포와 불안이 엄습한다. 그러다 증상이 다시 도지기라도 하면, 모두의 시선 속에서 그대로 쓰러져 버리고 만다. 기영은 자신의 증세를 동정하다가도 그것을 한낱 소문거리로 즐기는 이들을 실로 많이 보아 왔다.

그래도 다행인 건, 바로 옆에 사람의 눈을 피할 수 있는 숲이 있다는 점이었다. 그는 배달해야 할 커피를 옆에 둔 채 진정될 때까지 심호흡만 연거푸 내질렀다.

그러다가 돌연 진정이 찾아오자, 그는 나무에 등을 기댄 채 멍 하니 하늘만 바라봤다. 열을 지어 숲을 가로지르는 고래의 그림자들이 머리를 몇 번인가 스쳤다. 그걸 보고 있자니 자기 자신이 한심하게 느껴졌다. 고작 커피 배달 한 번 하면 되는데, 그런 간단한 것조차 이렇게 힘들 줄이야. 공황이 사라지자 자신에게 처해진 현실이 무겁게 비집고 들어왔다.

그는 식어 가는 커피를 들고 자리에서 일어났다. 비록 늦더라도 배달해야 한다는 모종의 의무감이 그의 등을 떠밀었다.

기영은 축축하게 젖은 가지를 헤치며 숲을 가로질러 나아갔다. 비 온 뒤 안개로 잔뜩 뒤덮인 숲은 어딘가 비현실적인 느낌이 들었다. 뭔가 으스스한 옛날이야기 한 귀퉁이를 조심스럽게 걷고 있는 기분이었다.

뒤엉킨 나무들 사이로 옅게나마 배어 오는 햇빛 덕에 앞은 분간할 수 있지만, 땅 위로 솟아오른 뿌리에 자꾸만 발이 걸렸다. 그는 주춤거리며 아까 자신이 지나왔던 길을 기억으로 되짚어 갔다. 분명 아까는 이런 것 하나 없이, 마치 미끄러지듯이 숲 안으로 걸어 들어왔다.

그러다 그는 갑자기 제자리에 우뚝 멈춰 섰다. 허리를 곧추세우고 고개를 바짝 치켜들었다. 안개에 잠긴 숲의 잔상이 그의 청각을 휘감았다. 언제부터 시작되었는지는 알 수 없었다. 너무나 자연스럽게 숲의 축축한 공기에 녹아 있어서 자신 주위를 떠돌고 있는지도 몰랐다.

"노랫소리다."

기영은 홀로 중얼거렸다. 노래가, 노래가 숲 저편에서 들려오고 있었다. 흥얼거리는 것 같은, 그러면서 무엇인지 모를 감정에 푹 젖어 있는 노랫소리다. 들어 본 적 있었다.

과연 노래의 주인이 왜 여기에 있는지 모르지만, 그래도 오랫동안 기다려 왔던 사람의 흔적이었다. 그는 황급히 노래가 들려오는 방향으로 움직였다. 나무와 나무 사이에 반사되어 떠도는 노래는 기영을 부르듯이 간결하게 이어졌다. 목소리가 그리 크지 않았기에 기영은 놓치지 않으려고 정신을 집중했다.

노래는 지난번과 조금 달랐다. 그때는 제법 즐겁고 활기차 보였는데 오늘은 당장이라도 끊어질 것처럼 가늘다. 이쯤 되자 기영은 애가 탔다.

"저기요! 혹시 제 목소리 들리세요?"

점점 가늘어지는 목소리를 듣다 못한 기영이 거칠게 소리를 질렀다. 그러자 숲 저편에서 얄팍한 대답이 들려왔다.

"누구세요?"

전에 들어 본 적 있는 목소리였다. 기영은 목소리가 들린 방향으로 허겁지겁 몸을 움직였다. 그러자 익숙한 얼굴이 나타났다.

"당신은……!"

기영을 알아본 것은 그쪽이 먼저였다. 안개가 끼던 날 만났던, 독특한 노래를 부르던 그 여자. 그녀가 숲 한 귀퉁이에 서서 한구석에 서서 자신을 물끄러미 바라보고 있었다.

잠깐의 시선 교차 후에 기영은 엉거주춤 인사부터 건넸다.

"아, 안녕하세요?"

둘 사이에서 잠시 어색한 침묵이 내려앉았다. 기영은 직감적으로 눈앞의 여인이 자신의 존재에 당황스러워한다는 걸 알아챘다. 하지만 그건 기영도 마찬가지였다.

"오랜만이네요."

기영은 자신도 모르게 이 말을 내뱉었다. 그러자 여자는 절박한 얼굴로 기영에게 매달렸다.

"혹시 이 동네에 사세요? 제가 길을 잃어서요. 괜찮다면요 근처 포구로 나가는 길만 좀 가르쳐 주시겠어요?"

자신도 길을 잃었는데, 오히려 길을 가르쳐 달라고 하다니. 기영은 조금 어처구니가 없었다. 그는 나지막이 한숨을 내쉬며 답했다.

"어쩌죠? 저도 지금 이 동네에서 나가는 길을 찾고 있었어요. 길을 잃었거든요."

그 말을 들은 여자의 얼굴은 기영과 같은 막막함으로 가득 찼다. 둘은 누가 말해 주지 않았지만, 서로가 자신과 비슷한 처지라는 것을 알아챘다. 둘은 어색하게 서로만 바라봤다. 숲의 한기만큼이나 깊고 진득한 낯섦이 그들을 휘감았다.

*

"그나저나 여기는 대체 어디일까요?"

기영은 끝이 보이지 않는 숲을 둘러보며 중얼거렸다. 얼떨결에 다시 만나게 된 뒤, 둘은 힘을 내서 한참을 걸어 나갔다. 혼자보다는 둘이어서 그나마 낫긴 했지만, 문제는 아무리 걸어가도 숲이 끝나지 않는다는 점이었다.

"모르겠어요. 한참 걸었는데 사람이 보이질 않네요."

다해 역시 지친 얼굴로 답했다. 먹은 것은 몇 모금의 커피가 전부였던지라, 슬슬 체력도 바닥을 보이고 있었다.

"다리 아파."

다해는 결국 견디지 못하고 풀썩 주저앉았다. 기영 역시 한숨을 쉬며 옆에 앉았다.

"조금만 쉬었다 가죠."

낯선 곳에 주저앉은 둘은 누가 먼저라고 할 것 없이 입을 다물었다. 낯선 곳에 왔다는 두려움, 절박함, 고민, 피로 등이 두 사람의 어깨를 짓눌렀다. 그렇게 한참 동안이나 침묵이 이어지던 중 다해가 조심스럽게 입을 열었다.

"저번에 나한테 카페에 놀러 오라고 했던 거, 기억나요?"

그녀의 말에 기영은 무심코 지난번 일을 떠올렸다. 식어가는 커피와 그 위로 뿜어지는 달콤한 열기. 그리고 하염없는 기다림이 머릿속을 스쳤다.

여기까지 기억을 떠올린 그는 볼멘 어조로 말했다.

"맞아요. 그랬죠. 저는 오실 줄 알고 커피 내리는 연습까지 하면서 한참 기다렸어요. 그런데 안 오셔서 아쉬웠어요."

다해는 어처구니없다는 투로 대꾸했다.

"그게 무슨 소리예요? 저는 그쪽이 말한 카페를 찾으려고

한참 헤매고 돌아다녔는걸요? 정말 이 근처에 있는 거 맞아
요?"

"네?"

기영은 황당해서 되물었다. 하지만 그런 그와 달리 다해는
유림이 했던 말을 떠올리며 의미심장한 투로 재차 물었다.

"설마 저를 피해서 어디 숨어 있던 건 아니죠?"

"제가 왜 그런 짓을 해요?"

기영은 기가 차서 곧바로 반박했다. 식어 가는 커피를 보
면서 무심히 기다렸던 시간이 얼마인데 이런 소리까지 듣다
니. 하지만 그런 그의 심정을 알 리 없는 다해는 기영을 뚫
어져라 보며 딱 잘라 말했다.

"그거 알아요? 당신 몸에는 항상 짙은 커피 냄새가 난다
는 거."

코끝을 스치는, 바람을 따라서 항상 다가오는, 어딘가 고
소하면서 탄 것 같은 커피 원두 특유의 냄새. 다해는 몇 번
인가 맡은 적 있던 냄새를 머릿속에 그리며 그를 향해 당부
했다.

"그러니까 혹시라도 저를 피해 숨을 생각 말아요. 어디에
있든 티가 나니까."

당찬 그녀의 말에 기영의 얼굴이 부끄러움인지 모를 감정
으로 새빨갛게 달아올랐다. 하지만 다해는 속에 있는 말을

해서 개운한 얼굴이었다.

"어, 사람이다!"

그런 그를 두고 다해가 갑자기 신이 나서 목소리를 높였다. 그 말에 기영은 방금 전의 감정을 잊고 고개를 돌렸다. 그러자 저 멀리 익숙한 얼굴이 보였다. 종종 카페를 찾아왔던 노파였다.

"잘됐다! 제가 아는 분이에요!"

기영 역시 신이 나서 소리쳤다. 이제 여기서 길을 물어 나갈 수 있다. 이 생각 하나로 둘은 누가 먼저라고 할 것 없이 달려갔다. 무엇보다 이 지긋지긋한 숲에서 사람 그림자가 어른거린 것만으로도 왠지 모르게 안심이 됐다.

"아, 안녕하세요. 할머니?"

기영은 반가움을 듬뿍 담아 해맑게 인사를 건넸다. 노파는 그의 목소리를 듣자 천천히 고개를 치켜들었다. 노파의 뿌연 눈동자가 희번덕 일대를 훑었다. 그런데 얼마 가지 않아 노파의 얼굴이 경악으로 일그러졌다.

"네, 네가 여기 왜 있어?"

"그게 무슨 말씀……."

예상 밖의 반응에 기영은 당황해서 말꼬리를 흐렸다. 그러다 그는 지금 노파가 보고 있는 존재가 자신이 아니라는 것을 알아챘다.

노파가 경악에 찬 얼굴로 보고 있는 것은, 바로 자신 곁에 있는 다해였다.

"할……머니?"

다해 역시 노파의 얼굴을 확인하자마자 놀란 얼굴로 중얼거렸다. 그녀는 떨리는 목소리로 노파에게 되물었다.

"할머니, 맞죠?"

다해의 질문을 들은 노파는 벌벌 떨면서 뒷걸음쳤다. 그러고는 이해할 수 없는 말을 내뱉었다.

"네가 여기까지 들어오면 어쩌자는 거야! 네가 밖에 있어야 돌아갈 수 있단 말이다!"

흡사 발작과도 같은 외침이었다. 다해는 그런 노파의 행동이 이해되지 않아 다시 물었다.

"그게 대체 무슨 말……!"

다해의 말이 끝나기도 전에 일대에 요란한 물소리와 숲 저편에서 파도가 솟구쳤다. 파도는 나무와 풀을 집어삼키며 삽시간에 일대를 채웠다. 사방에서 물보라가 치솟았다.

"까아악!"

다해는 자신도 모르게 날카로운 비명을 내질렀다. 기영 역시 갑자기 숲을 지나 몰려오는 파도를 보면서 기겁하며 뒷걸음쳤다. 그러다 문득 숲을 채우는 파도의 형태가 자신이 아는 무언가와 매우 흡사함을 알아챘다.

- 그게 무엇일까.

기영은 눈을 가늘게 떴다. 파도는 일대에 몰아치면서 더 깊게, 더 차갑게 일대를 집어삼킨다. 그 너머를 알 수 없는 뿌연 물살이 시야를 우윳빛으로 채웠다. 기영은 하염없이 그것을 바라보다가 말 한마디를 거칠게 내뱉었다.

"나, 저게 뭔지 알아요."

그리고 그는 다급하게 말을 이었다.

"제 꿈이에요. 제 꿈에 나오던 바다!"

매번 꿈을 꿀 때마다 보았던 차갑고 고요한 바다. 그게 지금 자신을 집어삼키려고 하고 있었다.

"네?"

다해는 이해할 수 없다는 얼굴로 되물었다. 기영은 그녀를 향해 목소리를 높였다.

"미친 소리처럼 들린다는 건 나도 알아요! 하지만 저 바다는 꿈에 나오던 곳이에요."

안개를 두른 바다는 철썩거리면서 일대를 휘감았다. 뿌연 물줄기는 마치 살아 있는 생물처럼 이리저리 움직이면서 기영과 다해가 있는 방향으로 뻗어 왔다. 도망칠 곳도, 피할 곳도 없었다.

"이제 어쩌죠?"

다해가 다급하게 소리쳤다. 하지만 구석에 몰린 것은 기

영 역시 마찬가지였다. 그러다 손에 들고 있던 커피가 달그
닥 하고 옆구리에 부딪쳤다. 동시에 커피가 새어 나오며 달
콤한 냄새가 그의 의식을 흔들었다.

이어서 언젠가 노파에게 들은 적 있던 말 한마디가 떠올
랐다.

– 그걸 마시면 계속 깨어 있을 수 있거든. 절대 붙잡히
지 마.

여기까지 생각이 든 기영은 서둘러 커피를 들어 다해에게
내밀었다. 그리고 다급하게 그녀에게 일렀다.

"마셔요! 꿈에 붙들려 가기 싫으면!"

다해는 영문을 모르겠다는 얼굴이었지만, 우선 기영이 시
킨 대로 식어 가는 커피를 받아 들었다. 그리고 서둘러 커피
를 들이마셨다.

그녀가 먼저 커피를 마신 걸 확인한 기영은 서둘러 커피에
손을 뻗었다. 이대로 물살이 휩쓸리기 전에, 꿈에게 붙들리
기 전에 수를 써야 했다.

그 순간, 거대한 진동이 일대를 뒤흔들었다.

기영은 커피를 마시려다 말고 신음을 내지르며 주저앉았
다. 진동은 점점 커지면서 그의 온 감각을 집어삼켰다. 아
니, 그것은 진동이 아니라 거대한 무언가가 힘껏 내지른 함
성이었다. 옹알거리듯이, 한탄하듯이, 사정하듯이, 신경질

부리듯이, 토해 내듯이 목소리가 사방에서 쏟아졌다.

기영은 몰려온 아찔한 소리에 놀라 반사적으로 귀를 막았
다. 그가 들고 있던 커피가 바닥으로 맥없이 쏟아졌다. 그러
자 기다리고 있었다는 듯이 파도가 밀려와 그를 휩쓸었다.

그는 움직임의 자유를 빼앗긴 채 물속에서 발만 버둥거렸
다. 그런 와중에도 물은 그의 머리 위, 나무 꼭대기까지 차
올랐다. 그리고 물을 따라 기영의 몸은 중력을 박차고 하늘
위로 솟구쳤다. 기영은 비명이라도 지르고 싶었지만, 그의
입에서는 보글거리는 거품만 튀었다.

"잡아요!"

그와 함께 있던 다해가 손을 뻗으며 날카롭게 소리쳤다.
커피를 마신 덕인지 그녀가 서 있던 지점에만 파도가 치지
않은 상태였다. 기영은 물에 속절없이 끌려가는 가운데에도
그녀의 손을 잡기 위해 발버둥 쳤다.

"으으윽!"

다해 역시 떠오르는 기영을 붙잡기 위해 한껏 팔을 뻗었
다. 그 순간, 다해가 발을 붙이고 있는 땅 위의 틈마다 나뭇
가지가 우거져 튀어나왔다. 나뭇가지는 벌레처럼 꿈틀거리
며 그녀의 다리를 휘감았다.

"조금만 더, 조금만 더!"

다해는 그런 와중에도 필사적으로 끙끙거리며 저 위로 올

라가는 기영에게 손을 뻗으려고 노력했다. 하지만 그런 그녀의 필사적인 고생이 무색할 정도로 나무는 삽시간에 자라나 팔을 포함한 다해의 모든 것을 집어삼켰다.

기영은 이 모든 것을 맥없이 바라보면서 서서히 자신의 몸이 저 위를 향해 떠오르고 있는 것을 무력하게 버텨 냈다. 주위에 자라난 나무와 풀들은 이미 그와 함께 물에 잠긴 채 흐느적거리고 있었다. 만약 주위에 물이 없었더라면 이대로 모든 것이 허공에 붙들린 채 하늘로 떠올라 있는 것처럼 보였으리라.

그 순간, 무언가 거대한 것이 기영의 등을 차분히 밀었다. 하늘을 날던 커다란 수정고래 한 마리였다. 크기를 봐서는 아직 새끼 티를 벗지 못한 것 같았다. 수정고래는 무슨 생각인지 그를 입으로 밀면서 저 위로, 하늘 위로 향했다.

– 우우우우우우우우우.

사방에서 고래의 노랫소리가 이어졌다. 꼭 칭얼거리는 아이를 어르는 것같이 부드럽고 잔잔하다. 이어서 거대한 고래의 그림자들이 기영의 머리 위를 쓸었다. 기영은 깊이를 알 수 없는 물 안에 갇힌 채 수정고래들의 유영에 몸을 맡겼다. 고래들은 자신을 떨어트리지 않으려는 듯 지느러미와 등을 이용해서 그를 툭툭 밀어냈다. 기영은 그 사이에 놓인 채 자신의 아래에 놓인 풍경을 보며 미약한 사실 하나를 깨달았다.

바다.

안개가 서려 우윳빛으로 뽀얗게 젖어 든 바다가 지금 떠오
르고 있었다.

그는 떠오르는 바다에 잠긴 채, 저 아래에 남겨진 다해를
바라봤다. 다해 역시 나뭇가지에 뒤엉킨 채 저 아래를 향해
끝없이 가라앉고 있었다. 정확히 말하자면 그녀가 서 있던
일대가 밑도 끝도 없이 내려앉는 중이었다.

이제 목소리도, 손도 닿지 않는 지점까지 멀어진 둘은 서
로를 바라봤다. 떠오르는 남자와 가라앉는 여자의 시선은
먼 거리에서 마주쳤다.

그러다 갑자기 기영에게 현기증이 일었다. 기영은 한참을
파도에 휩쓸려 어딘지 모를 곳에 둥둥 떠 있다가 차분히 가
라앉았다. 이루 말할 수 없는 몽롱함과 추위가 그의 전신을
짓눌렀다. 깜빡깜빡. 빛이 내리쬤다. 다시 어둠이 내렸다.
주위를 맴돌던 고래들은 어느 순간 저 멀리 흩어져 떠나 버
렸다. 다시 빛이 번진다. 기영은 자신이 누워 있는지 일어
서 있는지조차 분간이 되지 않았다. 지금은 아침일까, 밤일
까, 어쩌면 그 둘 다 아닐지도 몰랐다. 함께 있던 그녀의 인
기척은 어디론가 사라진 지 오래였다.

몇 번이고 이해할 수 없는 풍경만 짧게 그의 앞을 지나쳤

다. 그리고 마침내 몸 위로 톡톡 튕기는 물방울의 촉감만 한
없이 이어졌다. 고래도, 바다도, 여자도 모두 온데간데없었
다. 그는 자신도 이해할 수 없는 안도감 속에서 비로소 눈을
감았다. 겨울의 시작을 알리는 차가운 빗소리만 그를 슬그
머니 껴안았다.

*

"몸은 좀 어때?"
유림은 다해에게 차를 따라 주며 물었다. 다해는 담요에
몸을 묻으며 가늘게 떨리는 목소리로 대답했다.
"죽을 것 같아요."
"운 좋은 줄 알아. 겨울 바다에 빠지고 그 정도면 정말 다
행인 거야."
유림은 그렇게 말하고서는 작게 한숨 쉬었다. 커피를 사
러 잠깐 나간 다해가 몇 시간 뒤 물에 빠진 생쥐 꼴로 왔을
때는 얼마나 놀랐는지 모른다. 아무래도 또 병이 도져서 아
무 곳에서나 잠이 든 모양이었다.
"그러지 말고 집에 가서 쉬는 건 어때? 엄마도 많이 걱정
하실 텐데."
유림이 조심스럽게 묻자 다해는 슬쩍 눈을 흘겼다.

"언니는 내가 그렇게 말했는데 우리 엄마라는 사람을 몰라요? 내가 발작 일으킬 때마다 행여나 지나가는 누가 보기라도 할까 얼마나 전전긍긍인데요. 이번에도 발작 때문에 바다에 빠졌다는 이야기를 들으면 절 진짜 집에 가둬 놓을지도 몰라요."

"알았으니까 몸이나 추슬러. 두 번 심부름 보냈다가는 내가 간이 떨어질 판이다, 야."

유림은 여기까지 말하고서 고개를 절레절레 흔들었다. 다해는 토라진 얼굴로 몸에 남은 얄팍한 온기를 놓치지 않으려고 최대한 몸을 작게 웅크렸다.

"대체 무슨 일이 있었던 거야? 또 증상이 도진 거야?"

유림이 걱정 어린 목소리로 물었다. 다해는 잠시 고민하다가 힘겹게 말했다.

"저도 잘 모르겠어요. 증상이 도져서 또 잠이 든 건 맞는데, 눈을 떠 보니 알 수 없는 곳에 있었거든요."

그러다 거기서 다시 눈을 감고 뜨고 보니, 자신은 차가운 해변에 누워 있었다. 하지만 솔직히 말해도 유림은 이해를 하지 못할 테니 다해는 설명하는 것을 그냥 포기했다. 솔직히 자신도 대체 그게 무슨 일인지 가늠할 수 없었다.

또렷하게 떠오르는 것은 그저 입안의 커피가 남긴 잔향뿐.

"언니."

그러다 다해는 조심스럽게 입을 열었다.

"저, 할머니를 만난 것 같아요."

"너희 할머니? 너희 할머니라면 분명⋯⋯."

거기까지 말하던 유림은 멈칫하더니 조심스럽게 말꼬리를 흐렸다. 다해는 힘없이 고개를 끄덕였다.

"맞아요. 제가 7살 때, 자살하셨죠."

*

"만약 구조대원이 조금만 너를 조금만 늦게 발견했다면, 넌 그 자리에서 얼어 죽었어!"

선진은 그답게 지독히도 화를 냈다. 기영은 담요에 몸을 묻은 채 묵묵히 고개를 숙였다.

기영이 정신을 다시 차렸을 때, 그는 비를 맞으면서 한적한 숲속에 홀로 누워 있었다. 축축한 이끼 냄새가 가득 찬 그곳에서 그는 한참을 멍하니 있었다. 그가 배달해야 할 커피들은 그의 손을 떠나 이곳저곳에 널려 있었다.

그런 그의 의식을 흔들어 깨운 것은 요란하게 숲을 헤치고 들어온 구조대원이었다. 그들은 기영을 발견하고 병원으로 이송했다. 이상하게도 의식도 또렷하고, 몸도 다친 곳 하나 없었지만 좀처럼 몸을 일으킬 수 없었다. 그래서 기영은 그들이 이끄는 대로 얌전히 병원으로 향했다.

그리고 지금은 선진의 집중 포화를 홀로 묵묵히 견뎌 내고 있는 중이었다.

"커피 배달한다는 애가 갑자기 숲으로 뛰어 들어갔다고 해서 얼마나 놀랐는지 알아? 내가 빨리 구조대에 신고해서 망정이지, 안 그랬으면 넌 어쩌면……."

여기까지 말하던 선진은 씩씩거리며 말꼬리를 흐렸다. 감정이 치솟아 말조차 하기 어려운 모양이었다. 과연 그것이 배달을 하다 사라진 자신을 향한 것인지, 아니면 일을 이 지경까지 만든 선진 자신에게로 향한 것인지는 기영으로서는 알 수 없었다.

그러다 선진은 갑자기 단호한 얼굴로 기영에게 일렀다.

"안 되겠다. 다시 입원 준비하자."

"……병원은 싫어."

지금까지 말없이 있던 기영은 그때서야 입을 열었다. 선진은 기다리고 있었다는 듯이 목소리를 높여 대꾸했다.

"무슨 소리 하는 거야? 또 발작이 오면 어떻게 하려고 그래?"

기영은 대답 대신 슬그머니 눈길을 피했다. 자신이 괜한 억지를 부리는 것 같아 뒤늦게 미안한 감정이 들었다. 어찌 됐든 기영은 비 내리는 숲속에서 얼어 죽을 뻔했다. 선진의 말대로 신고를 받고 출동한 구조대원이 그를 발견해 주지 않았다면 그대로 싸늘한 시체가 되어 아침을 맞았으리라.

솔직히 선진이 저렇게 화를 내는 것을 이해 못 하는 것은 아니다. 그래도 병원은 싫었다. 무엇보다 거기에 간다고 한들 달라지는 건 없다.

"병원에 가도 소용없어."

기영은 창백한 입술을 열어 나지막이 일렀다. 그는 천천히 고개를 들어 선진과 눈을 마주했다. 안개가 깔린 숲 가운데에서 치솟았던 차가운 바다의 감촉이 그의 기억 언저리를 훑었다.

이어서 그는 잔뜩 쉰 목소리로 말을 이었다.

"내가 잠들지 않아도 이제 꿈이 먼저 나를 찾아오기 시작했거든."

숲이 가라앉던 날

원두에 열을 가해 볶아 낸다. 너무 설게 볶으면 신맛이 강해지고, 너무 강하게 볶으면 쓴맛이 더해진다. 각자의 기호에 따라 볶아 내되, 시시각각 달라지는 원두의 색과 향을 신경 써야 한다. 볶아 내면서 배합된 원두는 서로 충돌하고 뒤엉키면서 서로의 구분을 잃어 간다. 이때 원두가 골고루 볶아질 수 있도록 적절히 뒤섞어 주는 것이 중요하다. 일련의 과정 속에서 원두는 향과 맛이 하나로 뒤섞인 채, 기다리던 그 한 잔 가까이에 이르게 된다.

*

그녀는 밤이 내린 바다 앞에 있었다.

수평선은 이미 새까맣게 지워진 지 오래라 사실 어디부터 바다고 어디부터 하늘인지 감이 잡히지 않았다.

빛도, 달도, 별도 없는 오로지 검은 어둠만 웅크리고 있는 바다. 이따금씩 불어오는 소금기 젖은 바람과 철썩이는 파도 소리만 지금 시간이 멈춰 있지 않다는 것을 일깨운다.

언제부터 자신이 이러고 있었는지 기억은 나지 않는다. 숫자로 겨우 헤아릴 수 있는 찰나에 찰나가 더해진 순간만큼 이곳에 있지 않을까 무작정 가늠할 따름이다.

그녀는 일렁이며 빛나는 커다란 누각 끝에 서 있었다. 의식이 닿던 순간부터 누각 끝에 서 있었다. 무엇 때문에 여기에 서 있는지, 누가 자신을 여기에 데리고 왔는지도 모른다. 자리를 지킨 채 누각 아래만을 내려다보는 것이 그녀가 이곳에서 하는 일의 전부였다. 주위에는 오로지 순수하고, 아름답고, 그윽한 빛만 가득하다. 언뜻 보면 형체를 가진 커다란 불덩어리에 안겨 있는 것 같다.

누각은 실로 기묘한 건축물이었다. 처마에 서까래, 바닥은 물론 지붕 위에 촘촘하게 얹어진 기와 할 것 없이 모조리 반듯하게 잘라 낸 달빛으로 지어졌는지 주위의 어둠을 살라 먹으며 환히 빛나고 있었다. 하지만 누각 아래에는 그 어떤 기둥도 없었다. 오로지 허공에 뿌리내린 채 파도에 떠밀리는 것 같으면서도 닿지 않은 채로 그렇게 누각은 세워져 있었다.

그녀는 누각 끝에 멈춰 서서 하염없이 어두운 해변을 내려다보았다. 저기 저 너머에도 누군가 있는지 사람 그림자가 언뜻언뜻 보였고, 때때로 바람결에 근원을 알 수 없는 냄새가 딸려 오곤 했다.

그러다가 누군가가 누각 아래를 가리키며 나지막한 목소리로 일렀다.

— 저것은 거짓입니다, 눈을 홀리는 환영입니다, 한낱 신기루입니다.

그녀는 이 말에 별다른 토를 달지 않았다. 되묻지도 않았다. 그냥 어련히 알겠다는 투로 고개만 끄덕였다.

— 아아, 그렇구나.

그러고는 그저 무미건조한 대답만 곱씹었다.

그녀는 하염없이 누각에 서서 어둠 너머 해변을 바라봤다. 누각은 흔들리며 자신을 끌어안은 어둠 속에서 어지러운 춤을 그려 냈다.

닿을 듯, 닿지 않을 듯.

깊이 모를 허공에 쉼 없이 거짓이라 부름받는 빛을 뿜으면서.

*

"흐음."

다해는 천천히 눈을 떴다. 또 잠시 사이에 잠든 모양이었다. 몽롱한 시야 사이로 푸른 바다와 그 가운데에서 다각거리면서 흔들리고 있는 드림캐처가 눈에 들어왔다. 드림캐처 아래로는 새벽물떼새의 깃털이 하늘하늘 나부끼는 중이었다.

그녀는 한동안 바깥 풍경을 멍하니 응시하다가, 지금 자신이 유림의 게스트 하우스에서 잠들어 있었다는 것을 뒤늦게 기억해 냈다.

"일어났어?"

마침 유림의 목소리가 들려왔다. 유림은 텀블러 가득 인스턴트커피를 따르고 있었다.

"너무 곤히 자고 있어서 못 깨웠어."

"아니에요. 괜찮아요."

졸음이 몰려올 때 억지로 잠을 쫓으려고 해 봤자 증상만 심해진다. 오히려 믿을 수 있는 사람 곁에서 조용히 잠에 빠지는 게 나았다. 무엇보다 그녀의 증상을 알고 있는 유림이 옆에서 지켜봐 주었다는 사실이 묘하게 마음을 안정시킨다.

다해는 남은 잠도 쫓을 겸 늘어지게 하품을 했다. 유림은 그런 그녀의 얼굴을 유심히 보고는, 뭔가 감정의 변화가 있음을 알아채고 슬쩍 물었다.

"표정이 왜 그래? 안 좋은 꿈이라도 꿨어?"

"꿈에서 혼났거든요."

"뭐? 누구한테?"

다해는 어깨를 으쓱였다.

"몰라요. 어떤 남자인데, 저한테 막 화를 냈어요."

꿈에서 깨고 나면 특정 사실만 떠오를 뿐, 그 외의 것은 흐릿하게 남는다. 꼭 김이 서린 유리창 너머로 바깥 풍경을 보는 것 같다. 그래도 지금 어딘가 씁쓸한 불쾌감이 드는 것을 보아 꿈 너머의 자신 역시 기분이 좋지 않았던 모양이다.

"정말? 한 대 때려 주지 그랬어. 어차피 꿈인데."

"다음부터는 꼭 그래야겠네요."

다해는 농담인지 모를 말을 하면서 실실 웃었다. 어딘가 힘이 빠져 보이는 그녀가 신경 쓰였던 유림은 커피 한 잔을 따라 내밀었다.

"자, 커피야. 잠도 깰 겸 마셔. 인스턴트이긴 하지만."

"고마워요."

다해는 유림이 내어 준 커피를 한 모금 들이마셨다. 입천장을 덥히는 김 사이로 탄 맛 섞인 씁쓰레한 향이 거칠게 입을 채운다. 커피라는 음료를 가장 규격화시킨 맛이 아닐 수 없다.

그럼에도 지금은 어쩐지 이유 모를 부족함이 느껴진다.

"언니, 혹시 새콤한 커피를 드셔 보신 적 있어요?"

커피 한 모금을 마신 다해는 조금은 뜬금없는 질문을 던졌다. 유림은 이해할 수 없다는 투로 되물었다.

"커피가 새콤해?"

"네. 처음에는 그래요. 새콤하다가, 잠시 뒤에 달콤하면서도 묵직한 쓴맛이 올라와요."

"그런 커피도 있나? 커피는 다 쓴 거 아냐?"

유림은 이해가 안 간다는 얼굴로 되물었다. 다해는 조용히 입맛을 다시며 기억을 되새김질했다. 헐레벌떡 마시긴 했지만, 분명 그때 마셨던 커피의 향과 감촉은 식도 저편에 진득이 달라붙어 자꾸만 혀와 코를 맴돈다.

"아니에요. 제가 마셨던 커피는 뭔가 달랐어요."

다해는 여기까지 말하고서 짧게 중얼거렸다.

"다른 세계에서 만든 것처럼……."

*

선진은 조용히 커피잔을 들어 올렸다. 갓 내린 커피의 훈훈한 온기가 손바닥을 타고 신체 전반으로 번진다. 선진은 잠시 뜸을 들이다가, 커피잔에 코를 대고 깊게 숨을 들이마셨다. 비 맞은 숲에서나 날 묵직한 나무 냄새가 들숨을 타고 올라왔다.

"어때?"

기영은 그런 선진을 물끄러미 보며 물었다. 선진은 기영을 향해 씽긋 웃어 보였다.

"괜찮은데? 리베리카종은 향이 약하기로 유명한데, 네가 내린 커피에서는 특유의 나무 향이 고스란히 남아 있어."

"원두 배합을 조금 바꿔 봤거든. 괜찮지?"

선진의 감탄에 기영은 자부심 섞인 얼굴로 말했다. 선진은 잔에 담긴 커피를 한 모금 들이마시고는 감탄한 얼굴로 말을 이었다.

"훌륭해. 배합을 어떻게 한 거야? 행사 때 팔려고 준비했던 것보다 훨씬 맛있어."

"지난번에는 축제 일정에 맞추느라 조금 급하게 만들었잖아. 그래서 신맛이 조금 강해서 아쉬웠는데, 오늘 조금 진득하게 배합을 해 보니 맛과 향이 확 달라지네."

"뭐든 급하게 해서 좋을 건 없지."

선진은 이 말을 하면서 남은 커피를 들이마셨다. 확실히 커피 맛이 전보다 훨씬 안정적이다. 리베리카 원두는 쓴맛이 강하고 향이 옅어 커피로 내리기 까다로운데, 기영은 이번에도 성공적으로 커피를 완성시켰다. 확실히 기영은 뭔가 진득이 파고들어 연구하는 데 재능이 있었다.

"좀 더 연구 중이긴 한데, 배합에 조금만 더 신경을 쓰면 괜찮은 커피가 나올 것 같아."

기영은 그런 선진의 속내를 아는지 모르는지, 기분 좋은 얼굴로 커피 이야기만 재잘거렸다. 선진은 내색하지 않았지만, 그런 기영의 모습을 보고 속으로 안도했다.

숲에서 조난당했다 돌아온 이후, 기영은 그 전과 확연히 다른 모습을 보였다. 꿈이 찾아온다는 알 수 없는 말을 한 뒤로부터 행동이나 말이 어딘가 붕 떠 있었다. 거기다 증상도 알게 모르게 심해지고 있었다. 그나마 다행인 건, 자신이 좋아하는 커피 이야기를 할 때면 그는 선진이 알던 숫기 없고 조용한 사촌 동생의 모습으로 돌아오곤 했다는 것이다. 꼭 커피가 그의 혼을 여기에 겨우 붙박아 놓은 것처럼 말이다.

"잠시만 기다려 봐. 커피를 좀 더 내려올게."

기영은 선진을 뒤로하고 다시 부엌으로 향했다. 그는 정신을 집중해 배합을 완료한 커피를 그라인더로 갈기 시작했다. 그라인더 칼날과 원두가 부딪쳐 나는 소리가 규칙적으로 울렸다. 그리고 선진으로서는 들어 본 적 없는 낯선 노래를 천천히 흥얼거리기 시작했다.

기영의 흥얼거림은 조용히 커피를 기다리던 선진을 일깨웠다. 평생 기영의 노래를 들어 본 적 없던 선진은 그게 어딘가 재밌어 보여 슬쩍 물었다.

"무슨 노래야?"

그 말을 들은 기영은 도리어 그에게 되물었다.

"노래? 무슨 노래?"

"방금 노래를 흥얼거리지 않았어?"

"내가? 그런 적 없는데."

기영은 대수롭지 않다는 투로 대꾸했다. 이윽고 뒤돌아선 기영의 모습이 한낮의 아지랑이처럼 일렁이더니, 갑자기 흐릿해졌다.

"기영아!"

선진은 자신도 모르게 깜짝 놀라 목소리를 높였다. 그 말을 들은 기영은 휙 하고 고개를 돌렸다.

"왜?"

흐릿해져 가던 기영의 모습은 그 순간을 기점처럼 원래대로 돌아왔다. 선진은 헛것을 본 사람처럼 말을 얼버무렸다.

"아, 아무것도 아니야."

*

다해는 해가 질 무렵 눈치껏 집으로 돌아왔다. 집으로 돌아온다고 해서 딱히 할 일이 있었던 것은 아니지만, 희숙은 자신이 밖에 돌아다니는 걸 그다지 반기지 않는다. 그래서 요즘은 해가 지기 전에 들어가곤 했다.

집에 들어오자 힘차게 새를 토막 내며 국을 끓이고 있는 희숙의 굽은 등이 보였다. 다해는 그런 희숙을 향해 건성으로 인사를 건넸다.

"엄마, 나 왔어."

희숙은 돌아보지도 않고 무뚝뚝한 어조로 물었다.

"어디 다녀왔냐."

"그냥, 요 앞에."

다해 역시 괜히 꼬투리를 잡힐까 싶어 단답형으로 짧게 말을 건넸다. 다행히 희숙은 그녀에게 길게 묻지 않았다. 다해는 이 사실에 안도하면서 2층으로 몸을 틀었다.

그러다 무언가, 짧은 의문이 그녀의 몸을 붙들었다.

다해는 잠시 고민하다가 얼마 전에 마주했던 한 가지 의문을 나지막이 내던졌다.

"엄마, 나 말이야, 할머니를 본 것 같아."

그 말을 들은 희숙의 몸이 돌연 멈췄다. 다해는 직감적으로 자신의 말이 희숙에게 내재된 무언가에 걸렸음을 알아챘다. 여기에 용기를 얻은 그녀는 다시 희숙을 향해 질문을 내던졌다.

"할머니, 정말 돌아가신 게 맞아?"

탁, 새의 목을 잘라 내는 단호하면서도 공허한 식칼 소리가 짧게 모녀 사이를 내리그었다.

희숙은 그 상태로 천천히 고개를 돌렸다. 하루 종일 살아 있는 새가 토막 나는 것을 지켜보았던 그녀의 눈이 나무뿌리와 같은 주름살에 얽혀 기묘하게 경련을 일으키고 있었다. 희숙은 그 상태로 한참이고 다해를 바라보다가, 경고하듯이 말 한마디만 가만히 읊조렸다.

"죽은 사람 이야기는 함부로 꺼내는 게 아니다."

이 말을 끝으로 희숙은 다시 고개를 돌렸다. 어딘가 평소와 다른 어머니의 모습에 다해는 순간 기가 눌려 어떤 대꾸도 하지 못했다. 대신 그녀는 도망치듯 2층으로 향했다. 탁, 탁, 탁. 식칼로 새를 조각내는 둔탁한 소리만 계단을 타고 길게 이어졌다.

다해는 그 소리를 들으며 묵묵히 들으며 방으로 돌아왔다. 방에는 어젯밤 미처 치우지 못한 액세서리들이 이곳저곳에 널려 있었다. 그녀는 왠지 힘이 나지 않아 액세서리를 발로 대충 밀어 치웠다. 그리고 남은 자리에 대충 몸을 뉘였다. 방의 한기가 가만히 등을 쓸었다.

다해는 그 상태에서 한참이고 있다가 무심결에 창문 너머로 눈을 돌렸다. 그녀의 시야에 하늘과 바다, 땅의 구분조차 지워 버릴 막연한 안개 더미만 한없이 들어왔다.

– 아가, 원래 이 근처는 다 숲이었단다.

그녀의 할머니는 곧잘 이 말을 자주 했다. 학교에 입학하기도 전, 빛도 제대로 들어오지 않는 어두컴컴한 골방에 앉아서 어린 그녀는 하루의 모든 시간을 할머니와 단둘이 보냈다. 아버지에 대한 기억은 애초부터 없었다. 할머니와 어머니. 이 두 여자만이 그녀의 유년 시절을 함께한, 형식적으로나마 가족으로 부를 수 있는 존재였다.

언젠가 그녀가 아버지의 존재에 대해 의문을 가졌을 때는 두 사람 다 대답 대신 조용히 바다가 있는 방향으로 고개를 돌렸다. 그 행동이 과연 무엇을 설명하는 것인지 알게 된 것은 아주 먼 훗날의 일이다.

그녀의 어머니는 새벽이 밝기 무섭게 자리를 털고 일어나 장사를 준비했다. 해가 설핏 얼굴을 비치기도 전에 전날 준비해 둔 고기를 조려 국을 끓이고 밥을 지었다. 다른 가게들처럼 흔한 종업원이나 찬모도 쓰지 않았다. 그런다고 시어머니에게 손을 벌리거나 어린 딸에게 일을 시킨 것도 아니다. 온전히 제 한 몸으로 가게를 운영했다. 앓는 소리 한 번, 힘들다는 소리 한 번 한 적 없었다.

대신 그녀는 자신의 딸이 가게 밑으로 내려오는 것을 철저하게 금지했다. 다른 식당 집이 으레 그렇듯 자잘한 반찬 심부름도 그녀에게 시킨 적 없었다. 그녀가 무료함에 쫓겨 1층으로 내려오면 성난 목소리로 내쫓아 올려 보내기 바빴다.

어린 그녀를 돌보는 것은 온전히 할머니의 몫이었다. 할머니는 그녀를 단 한 번도 이름으로 제대로 불러 본 적 없었다. 아가. 이게 할머니가 그녀를 부르는 유일한 호칭이었다. 그런다고 거기에 다정함 섞인 애정이 곁들여 있던 것은 아니다. 할머니가 그녀에게 한 것은 거의 방치에 가까웠다.

할머니는 자신의 눈길 닿는 곳에 있으면 일단 뭘 하든 신경 쓰지 않았다. 때가 되면 밥을 먹이고 몇 마디 말을 건네는 것이 할머니가 그녀에게 해 준 육아의 전부였다. 심심하다고 칭얼대도 어찌 보면 너무하다 싶을 정도로 철저한 무관심으로 응대했다. 할머니가 그녀를 아가라고 칭하는 것은 의자를 의자라고 부르고 책상을 책상이라고 부르는 것처럼 어찌 됐든 자신 옆에 있는 존재를 간단히 일러 부르는 것에 불과했다.

그녀는 아주 어렸을 적부터 작은 골방을 감싼 침묵에 익숙해져 버렸다. 자신의 모든 반응에 오로지 무시로 일관하는 할머니의 행동이 그냥 으레 자연스러운 것인지 알고 자란 탓이 컸다. 만약 자신의 칭얼거림에 할머니가 큰 소리 한 번 냈다면 그녀가 할머니에게 가지는 감정도 달라졌을지 모른다. 어린아이인 그녀는 무언가를 얻고 받아 내는 것보다 일단 무작정 숨죽이고 가만히 있는 법을 먼저 배웠다. 할머니가 메마른 목소리로 아가, 하고 부를 때면 겨우 스스로에 대해 짧게나마 자각하곤 했다.

할머니는 인근 공장에서 받아 온 구슬을 꿰면서 하루를 보냈다. 한 줄을 꿰면 50원, 열 줄을 꿰면 500원. 그녀는 할머니의 일감에서 셈을 익혔다. 아이를 보면서 집에서 할 수 있는 돈벌이는 그다지 많지 않았지만, 할머니에게 있어 구슬 꿰는 일은 단순한 소일거리가 아니었다. 그녀가 보기에 그것은 일종의 수행이었다.

신도들이 염주를 하나하나 세며 경을 외우듯이, 그녀의 할머니는 구슬을 꿰면서 자신에게 주어진 남은 수명을 묵묵히 견뎌 내는 듯했다. 투명한 구슬들이 방 안을 가득 메웠다가 조용히 사라지는 것을 그녀는 아주 어린 시절부터 오랫동안 보아 왔다. 한낮에도 볕이 제대로 들지 않는 좁은 방 가득 구슬 뭉치가 조용히 반짝이는 것을 보고 있노라면 마치 유리로 빚어진 꽃밭에 웅크리고 있는 것 같았다.

그러다가 바다 너머에서 안개가 밀려올 참이면 할머니는 손에서 일감을 놓았다. 당연한 듯 정해진 일종의 할머니만의 규칙이었다. 그리고 그때는 언제나 담배가 함께였다. 할머니는 뽀얗게 안개 파편이 내려앉은 창밖으로 무작정 시선만 던져 놓은 채 무심히 두 갑이고 세 갑이고 담배만 태웠다. 물론 그런다고 딱히 할머니가 담배의 맛을 즐겼던 것은 아니다. 그녀가 보기에 할머니는 안개가 몰려오면 덩달아 자신 안에 있는 뭔가를 연기에 실어 게워 내고 싶어 하는 것 같았다. 그 덕에 집이고 밖이고 응어리진 하얀 기류로 가득했다. 골방의 벽지는 이미 오래전에 누렇게 변색되어 제 색이 무엇인지 짐작조차 하기 힘들 정도였다.

― 아가, 원래 이 근처는 다 숲이었단다.

그러고서 할머니는 어디서 들었을지 모를 이야기를 입에 담았다. 저물어 가는 그늘에 등을 기댄 채 연신 담배 연기만 내뿜어 내면서 흐릿하게 구겨진 목소리를 나지막이 흘려 냈다. 그건 딱히 그녀에게 들려줄 목적이었다기보다는 일종의 푸념에 가까웠다.

― 이 근처는 원래 숲이었단다. 아주 높고 커다란 나무들이 성벽처럼 빽빽하게 솟아 있었지. 아무도 그 숲이 얼마나 오래되었는지 몰라. 그때는 사람들도 아직 땅 위에 살지 않았던 시절이었거든. 오로지 깊고 커다란 숲만 있었지. 나무가 얼마나 많고 가지가 얼마나 울창하게 우거졌는지 한낮에 빛 한 점도 제대로 들어오지 못할 정도였다. 숲에 들어가면 꼭 그곳에만 밤이 내린 것 같을 정도였어. 하여튼 엄청나게 커다란 숲이었다는 것은 확실해.

그런 숲 한가운데에 말이다, 작은 웅덩이가 있었단다. 그 웅덩이에는 작은 조개 하나가 살고 있었지. 그래, 오늘 아침 반찬으로 먹은 반질반질하고 매끄러운 껍질을 가진 그런 조개 말이야. 조개는 숲이 생길 무렵에 웅덩이 속에 자리를 틀고 단 한 번도 그곳을 벗어난 적 없어. 얄팍한 껍질 사이에 제 흉한 살덩이를 말아 넣고는 백 년이고 천 년이고 그저 살기만 살았다. 조개인지라 딱히 하는 일도 없었어. 어둡고 차가운 물 깊숙이 웅크리고는 때때로 보글거리는 물거품만 내뱉곤 했지. 친구도 가족도 없이, 오로지 숲의 그늘만을 의지했지.

그런데 세월이 가면서 숲은 조금씩 작아졌단다. 숲을 움켜쥐고 있던 나무들이 차례차례 나이가 들어 죽어 가기 시작했거든. 물론 여태껏 작은 웅덩이를 가려 주던 나뭇가지도 점점 사라져 갔지. 그러자 웅덩이 위로 조금씩 햇볕이 쏟아져 왔어. 당연히 조개는 난생처음 느껴 보는 따가운 햇볕에 비명을 질렀지. 조개는 서둘러 껍질 속으로 몸을 구겨 넣었지만, 햇볕이 가져다주는 열기는 집요하게 조개를 괴롭혔다. 그건 조개로서는 어찌할 수 없는 일이었어. 숲의 그늘은 작아져서 이제는 옅은 자락만 겨우 남아 있을 뿐이었거든.

그것도 모자라 웅덩이도 조금씩 메말라 붙어 갔지. 지켜 줄 그늘이 없어졌으니 그건 당연한 순서였어. 조개는 초조

했다. 이러다가 꼼짝없이 죽을 것 같았거든. 그래서 뭘 한 줄 아니? 땅을 파고 들어갔어. 자신이 오랜 시간 지키고 있던 자리를 최대한 파헤치고 그곳에 자기 몸을 묻었단다. 꼭 아침에 깨울 때 우리 아가가 이불 속을 헤집고 들어가는 것처럼 말이지.

그러고서 조개는 껍데기를 딱 하고 굳게 다물고 바로 잠에 빠졌단다. 그냥 단순히 잠이 든 게 아니야. 그 조개는 자면서 꿈을 꾸었거든. 무슨 꿈을 꾸었느냐고? 그야 자신이 있던 숲에 대한 꿈이지. 한낮에도 빛 한 점 들어오지 않을 정도로 울창하게 우거진 숲. 그 나이와 깊이를 감히 짐작하기 어려울 만큼 커다란 숲. 조개는 늘 자신을 품어 주었던 숲에 대한 꿈만 꾸고 있지. 숲이 사라지고 그 위에 물이 밀려와 바다에 잠겼는데도 그것조차 모르고서 아직도 잠에만 빠져 있어. 때때로 자신의 꿈을 뿌옇게 쪼개어 바다 위로 뱉어 내는 거야.

저기를 보렴, 아가. 저기 저 안개 보이지? 저게 모두 바다 깊은 곳 조개가 뿜어낸 거란다. 뻐끔뻐끔 입을 여닫으면서 조개는 아직도 꿈을 꾸고 있어. 지금도 자신이 숲에 있다고 굳게 믿고 말이야. 참, 그런 바보 천치는 더 없을 거다. 제 자신이 어디에 있는지도 모르고 아직도 꿈에 붙들려 거짓을 헤매고 있다니. 아가, 네 할아비와 아비도 거기 갔단다. 조개가 꿈꾸고 있는 숲으로 말이야. 바보처럼 그게 환상인지도 모르고 눈이 홀린 게지. 너도 조심하려무나. 조개가 훅 하고 뱉어 내면 꿈이 널 채갈지도 모르니까.

그녀는 그 이야기를 들을 때마다 할머니가 꿰고 있는 구슬보다 더 투명하고 동그란 눈동자로 포구를 휩쓴 안개를 바라보았다. 포구를 집어삼킨 하얀 자락 위로 짧게나마 빛이 번지면 그때마다 도심의 그림자가 솟아나고 가라앉기를 반복했다. 그녀는 그 모습을 보면서 스스로도 이해할 수 없는 말을 맥없이 중얼거리곤 했다.

– 숲이다. 숲이 가라앉고 있다.

*

다해는 천천히 눈을 떴다.

그녀는 의식을 찾은 직후, 곧바로 알아챘다.

– 아아, 나는 꿈속에 있구나.

그도 그럴 것이 눈앞에 몇 번이나 보았던 나른한 카페 풍경과 울창하게 가지를 드리운 숲이 펼쳐져 있었기 때문이다. 몇 번이나 봤었던, 그리고 어쩌면 앞으로도 쭉 볼지 모를 풍경이 또다시 눈앞에 있다.

– 또 잠에 들었나 보네.

다해는 이 생각만을 곱씹으며 한없이 창밖 너머 숲을 응시했다. 꿈속에 있으면 모든 것이 흐리게 다가온다. 눈앞의 풍경도, 공기 중에 떠도는 냄새나 소리도 뚜렷하게 무언가로 정의할 수 없는 모호함에 갇혀 버린다. 그럼에도 의문이 들지 않는다. 마치 이 모든 것이 지극히 자연스러운 것처럼 여겨진다.

바스락, 무언가 손가락을 스쳤다. 그녀는 그 소리를 따라 고개를 돌렸다. 그러자 누군가 휘갈겨 쓴 메모가 보였다.

[리베리카 – 로스팅 온도를 높이고 물을 좀 더 적게 부을까 생각 중. 맛은 쓰나 독특한 커피를 찾는 손님에게 의외로 인기가 있을지도 모르겠음. 연구 필요!]

누가 썼는지는 모른다. 그래도 어째서인지 필체가 눈에 익었다. 다해는 메모에 쓰인 단어를 하나하나 뜯어읽어 갔다. 유독 '리베리카'라는 단어 하나가 눈에 밟혔다.

– 리베리카, 리베리카.

그녀는 속으로 이 낯선 단어를 중얼거렸다. 마침 메모 옆에는 회백색 원두가 잔뜩 담긴 병이 있었다. 그녀는 병을 열고 원두 몇 알을 꺼냈다. 원두의 풋내 너머로 고즈넉하게 감겨 있는 커피 향이 머릿속을 채웠다.

맡아 본 적 있는 냄새다. 다해는 눈앞의 회백색 원두를 손가락으로 굴리면서 기억을 더듬었다. 그 남자, 숲에서 만났던 그 남자가 건넸던 커피에서 났던 냄새였다.

그렇게 그녀가 기억에 잠겨 있을 찰나, 카페 문이 열렸다.

이윽고 누군가의 발소리가 이어졌다. 동시에 주위 풍경이 일그러지기 시작했다. 다해는 반사적으로 눈을 감았다.

이제 꿈에서 깨야 할 시간이었다.

*

기영은 문 열리는 소리에 잠에서 깼다. 혼자 카페를 지키고 있는 아주 작은 찰나에 또 잠이 든 모양이었다. 다행히 카페에 들어온 것은 손님이 아니라, 교대를 위해 들어온 선진이었다. 선진은 잠기운이 가시지 않은 기영의 얼굴을 훑어보고는 달래듯이 말했다.

"괜찮아, 좀 더 자고 있어."

하지만 그의 배려와 달리 기영은 자리에서 벌떡 일어났다.

"미안, 금방 정신 차릴게."

그는 아직 몽롱한 머리를 부여잡고 비틀거리며 커피를 내렸다. 뒤에서 그 모습을 지켜보고 있던 선진이 걱정 어린 목소리로 말했다.

"너, 요즘 커피 너무 자주 마시는 거 아니야?"

평소 기영은 커피를 좋아해 자주 내려 마시곤 했다. 그런데 요즘 들어 달라졌다. 숲에서 조난당한 이후로 습관처럼 기영은 커피를 찾았다. 꼭 카페인에 자기 자신을 밀어 넣는 것 같았다.

"이걸 마시지 않으면 자꾸 꿈에 붙잡혀 가거든."

기영은 커피를 홀짝이며 무심한 어조로 답했다. 선진은 애써 담담한 척 재차 물었다.

"또 꿈꾼 거야?"

"응."

기영은 입가에 커피를 닦으며 꿈 이야기를 중얼거렸다.

"어떤 작은 방에서 꼼짝 없이 누워 있는 꿈이었어. 누워서 창 문 너머의 바다만 한참이고 봤지."

그리고 무심한 어조로 덧붙였다.

"그게 끝이야."

기영은 남은 커피를 천천히 비웠다. 일어나자마자 마신 덕인지, 카페인이 온몸을 돌면서 몸의 감각이 또렷해지는 과정이 생생히 느껴진다. 기영은 이처럼 카페인이 돌고 있는 동안에는 어디 붙들려 가지 않고 여기에 있을 수 있다는 생각에 안도감이 들었다. 그는 이 기분에 기대어 빈 커피잔을 근처에 내려놓았다. 곁에는 누가 흩어 놓았을지 모를 리베리카 원두 몇 알만 나뒹굴고 있었다.

*

　그녀는 아무도 없는 골방에서 부스스 일어났다.

　몽롱한 감각이 전신을 짓눌렀다. 다해는 한동안 거기에 잠겨 조용히 방 안을 우두커니 지키고만 있었다. 꿈이 유독 길어지는 날에는 형체 없는 무기력이 한동안 몸을 짓누른 채 떠나가지를 않는다.

　그러다 도저히 이 상황을 견디지 못할 지경이 돼서야 다해는 자리에서 일어났다. 딱히 할 일이 있는 것은 아니었지만, 그래도 이 공허한 순간으로부터 벗어나고 싶었다.

　부엌에서는 여전히 음식이 한창이었다. 다해는 어머니의 뒷모습을 쭉 쓸어 본 다음, 집을 나섰다. 겨울 추위가 성큼 달려와 그녀를 에워쌌다. 그녀는 몸서리치면서 옷깃을 올렸다. 왠지 모르게 따뜻한 무언가가 절로 간절해졌다.

　문득 저편에 불이 들어온 작은 카페가 보였다. 원래 비수기 때는 장사를 쉬는 곳으로 알고 있다. 그런데 오늘 문을 열다니. 대체 무슨 바람이 분 걸까.

　"어서 오세요. 주문 도와드리겠습니다."

　카페에 들어서자 귀찮음과 무뚝뚝함이 반반씩 섞인 목소

리가 들려왔다. 다해는 그 인사를 듣고 바로 인상을 구겼다. 역시나 카페를 지키고 있는 것은 건조한 표정의 단발머리 점원이 전부다.

카페의 주인인 여사장은 서글서글하고 친절해서 참 좋은 사람이다. 그런데 어째서인지 하나뿐인 여기 점원은 불친절의 극치를 달린다.

"라떼 한 잔이요. 시럽은 넣지 마시고요."

"예, 예."

점원은 무성의하게 고개를 끄덕이고는 주방 저편으로 사라졌다. 혼자 남겨진 다해는 심심풀이 삼아 카페 이곳저곳을 무심히 훑어보던 중 문득 카페 한구석에 쌓인 커다란 포대가 눈에 닿았다. 다해는 호기심이 들어 조용히 다가가 슬쩍 손을 가져다 댔다. 우둘투둘한 촉감과 함께 씁쓸한 커피 향기가 몰려왔다. 아래에는 [Arabica]라고 쓰인 꼬리표가 달려 있었다.

"그거 커피 원두에요. 그렇게 막 만지고 그러시면 안 돼요."

신경질적인 지적이 갑자기 날아들었다. 다해는 화들짝 놀라 포대를 만졌던 손을 거둬들였다. 언제 나왔는지 점원이 뚱한 얼굴로 자신을 보고 있었다. 다해는 왠지 못된 짓을 하다 들킨 것 같아 무안해졌다.

"원두요?"

"네, 원두요."

점원은 다해가 주문한 라떼를 근처 테이블 위에 내려놓으며 말을 이었다.

"사장님이 이번에 새로 배합을 바꿔 보신다고 사 온 거예요. 누가 저렇게 마신다고 잔뜩 쌓아 놨는지."

점원은 대놓고 투덜댔다. 하지만 그 말을 들은 다해는 뭔가 번뜩이며 지나간 기분이었다.

– 원두?

그 말에 그녀가 부스러진 기억 한 조각이 머릿속에 떠올랐다.

– 병 안에 가득 담겨 있던 회백색 커피 원두들. 그게 뭐였지? 리베리카? 맞아, 리베리카였어.

다해는 조용히 그 이름을 중얼거리다 점원에게 물었다.

"혹시 리베리카라는 커피 원두도 있나요?"

"아뇨? 그런 원두는 처음 들어 보는데요?"

점원은 쌀쌀맞다 느낄 정도로 단호하게 고개를 저었다.

"아라비카(Arabica), 로부스타(Robusta), 도트예프(Doutyefe). 흔히 말하는 세계 3대 커피 원두들이죠. 그중에 우리가 대부분 마시는 건 아라비카 원두지만요. 리베리카라니, 그런 원두가 있다는 건 듣도 보도 못했어요. 어디 이상한 나라의 커피라도 맛보신 모양이죠?"

한껏 빈정거리는 점원의 말에 다해는 순간 화가 치밀었
다. 자신은 순전히 궁금해서 물어본 걸 저렇게 비꼬며 대답
할 게 뭐란 말인가. 다해는 붉어진 얼굴로 주문한 라떼만 들
고 카페 문을 박차고 나왔다.

마음 같아서는 점원에게 한마디 해 주고 싶었지만, 그럴
용기가 없으니 대신 함께 씹어 줄 사람을 찾았다.

"언니, 저 왔어요."

다해는 그길로 유림의 게스트 하우스를 찾았다. 부지런한
유림은 그 와중에도 또 집중할 만한 또 다른 일을 찾았는지
커다란 헤드셋을 낀 채 한창 작업에 몰두하고 있었다. 대학
에서 건축과 디자인을 전공했다는 그녀는 웬만한 일은 누구
의 도움도 없이 혼자서 대부분 끝내곤 했다.

"어? 얼굴이 왜 그래? 무슨 일 있어?"

다해의 기척을 들은 유림이 헤드셋을 벗고 인사를 건넸다.

"언니가 보고 싶어서 왔죠. 무슨 일은 무슨 일이에요."

다해는 넉살 좋게 웃어 보이며 유림 곁으로 발걸음을 옮겼
다. 게스트 하우스의 널찍한 외벽에는 이번에 유림이 도색
작업과 함께 시작한 벽화가 한창 그려지는 중이었다. 온갖
도형과 선들이 밀집되어 세밀하게 교차한 채 하나의 커다란
형태를 완성하는, 뭐라 설명할 수 없는 거대하고 복잡한 그

림이었다. 다해는 미술이나 디자인에 대해서는 전혀 문외한이었지만 유림의 그림을 보자마자 뭔가 경이로운 존재에게 압도당하는 기분이 들었다.

"만다라(Mandala)라는 거야. 예전에 인도 여행을 갔을 때 본 건데, 거기다가 여행 중에 스케치한 그림을 덧씌워서 그려 봤지. 어때? 괜찮아?"

유림은 자랑스럽게 말했다. 다해는 놀란 얼굴로 목소리를 높였다.

"괴, 굉장해요! 이거…… 꼭 어디 사원이나 절에 온 기분이에요."

"맞아. 만다라는 원래 불교에서 그리던 그림이야. 온 우주를 단 한 장의 그림에 축약시켜 놓은 거지. 인도의 어떤 밀교는 이 만다라를 아주 중요하게 생각해서, 입교한 순간부터 만다라를 그리기 시작해서 죽기 직전에 이르러서야 완성하는 수행을 한대. 말 그대로 자신만의 우주가 담긴 그림인 셈이지. 그래서 나도 언젠가 나만의 만다라를 그려 봐야겠다고 생각하고 있었는데 이제야 그리게 되네."

여태껏 살면서 포구 밖을 별로 나간 적 없는 다해와 달리 유림은 정말 많은 나라를 여행했다. 언젠가 술자리에서 멋진 남미의 미남이 자기한테 반해서 매달리는 바람에 고생했다는 이야기를 했을 때는 다해가 깔깔 웃으면서 허풍 떨지 말라고 했던 적도 있다. 어찌 됐든 유림은 타고난 역마살을 자랑하듯 별의별 일을 하면서 온 세상을 떠돌았고, 마지막 종착점으로 삼은 곳이 바로 이 포구다. 자기 말로는 이곳의 바다를 본 순간 사랑에 빠졌다나.

"알겠다. 너 거기 카페 갔었구나?"

유림은 다해의 손에 들고 있는 라떼를 보면서 아는 체를 했다. 다해는 정곡을 찔려 쑥스러운지 얼굴을 붉히며 물었다.

"어떻게 아셨어요?"

"그야 뻔하지. 우리 착해 빠진 다해가 여기 오는 건 분명 속상한 일이 있어서 그런 걸 텐데, 그 카페 점원이 싸가지 없는 건 원래 유명하잖아? 분명 한 소리 들어서 기분이 꽁해서 온 거겠지."

"정말 언니는 못 이기겠네요."

다해는 유림의 지적에 순순히 고개를 끄덕였다. 유림은 못마땅하다는 얼굴로 말을 이었다.

"그러지 말고 뭐라고 하지 그랬어? 이 근처에서는 그나마 괜찮은 카페라고는 거기뿐인데 왜 사장은 그런 점원을 쓰는지 모르겠네. 무슨 약점이라도 잡혔나? 자고로 서비스업은 친절에서 시작해 친절로 끝나는 건데 말이야."

평소 유림의 성격을 누구보다 잘 아는 다해는 그 말을 듣고 떨떠름한 웃음만 지어 보였다. 사실 유림의 성격은 웬만

한 사내 못지않게 괄괄하다. 지난번에도 술에 취해 추태를 부리는 투숙객의 손목을 능숙하게 꺾어 제압한 적도 있다. 말은 저렇게 했지만, 만약 누군가 유림에게 친절을 거들먹거리면서 뭐라고 했다면, 아마 그대로 엎어치기를 당했을 게 틀림없다.

"언니는 가끔 자신이 어디에 있는지 헷갈리지 않아요?"

그림을 한참 물끄러미 보던 다해는 자신도 모르게 이 질문 하나를 읊조렸다. 한참 작업에 몰두하던 유림은 이해를 못하겠다는 투로 물었다.

"갑자기 그게 무슨 소리야?"

"그냥 요즘 들어…… 제가 어디에 있는 건지 헷갈릴 때가 많거든요."

자신이 하는 이야기임에도 확신이 서지 않았던 다해는 말꼬리를 흐렸다. 유림은 어깨를 으쓱이고는 가볍게 답했다.

"그게 중요해?"

유림은 붓을 들어 안개로 뒤덮인 창밖 너머 바다를 가리켰다.

"내가 이 바다에 처음 왔을 때, 안개 때문에 한 치 앞도 볼 수 없었어. 하늘과 바다의 경계도 흐릿해서 어디에 서 있는지도 구분이 안 될 정도였지. 무심결에 걷다 보면 그대로 바다나 하늘로 갈 수 있지 않을까, 하는 생각이 드는 거야."

이곳의 바다는 휴양지의 아름다운 바다와 다르다. 푸른 물결도, 따사로운 햇볕도 없다. 그저 뿌옇고 흐린 하늘과 탁한 청백색 물만 우울하게 잠겨 있다.

그럼에도 유림은 이곳과 사랑에 빠져 터를 잡았다고 했다.

"그래서 어디에 있든 거기가 내가 '진짜' 있어야 할 곳이라 여기기로 했어. 그렇게 마음먹으니까 어디로 가든 무서울 게 없더라."

여기까지 말하고서 유림은 씩 웃어 보였다.

"그러면 된 거 아니겠어?"

다해는 유림의 말을 무심결에 곱씹었다.

"어디에 있든, 거기가 '진짜' 있을 곳이라 여긴다면……."

그렇다면 굳이 여기에 있지 않아도 되는 게 아닐까.

다해는 이 말을 차마 뱉지 못하고 조용히 말꼬리를 흐리기만 했다. 그게 어딘가 마음에 걸렸던 유림은 그녀에게 물었다.

"왜 말을 하다 말아?"

"아무것도 아니에요."

다해는 그냥 황급히 고개를 저었다. 어째서 여기까지 생각이 뻗쳤는지는 모르지만, 이 사실을 입 밖으로 말해 버린다면 뭔가 중요한 것을 잃어버릴 것 같단 불안감이 들었다.

"오늘도 참 안개가 짙네."

유림은 그런 다해의 속도 모른 채 태평하게 중얼거렸다. 유림의 말대로 유독 짙게 내린 안개는 게스트 하우스 문턱까지 와 있었다. 심심하면 깔리는 것이 안개였지만, 오늘따라 더 깊고 두꺼워 보인다.

"그러게요."

유림도 별생각 없이 동의했다. 저 멀리 소리만 들리는 파도가 한 겹 밀려올 때마다 안개는 더 짙어지고, 더 가까워졌다.

지금은 게스트 하우스만 통째로 도려내어 외딴 세계에 내던져진 것처럼 느껴질 정도였다. 유림은 이 묘한 단절감 속에서 다시 작업을 재개하기 위해 붓을 들었다.

"꺄악!"

그 순간, 다해의 날카로운 비명이 일대를 짧고 강하게 내리그었다.

유림은 그 소리를 듣고 깜짝 놀라 고개를 돌렸다. 문틈으로 새어 나온 안개가 다해의 몸을 휘감고 있는 게 눈에 들어왔다. 꼭 희고 투명한 손이 다해의 몸을 붙들고 있는 것 같았다.

"언니!"

다해는 두려움에 찬 얼굴로 유림을 애타게 불렀다. 유림은 작업하던 것도 내팽개쳐 둔 채 다해에게 달려갔다.

"다해야!"

덜컥, 갑자기 문이 열렸다. 그리고 소금기 어린 바람이 강하게 몰아쳤다. 이어서 안개가 일대를 가득 채웠다. 하얗고 반투명한 그것은 우르르 몰려 들어와 다해의 전신을 순식간에 집어삼켰다. 유림을 애타게 불렀던 다해는 마치 가라앉기라도 한 듯 사라졌다.

"다해야, 다해야!"

다해의 모습이 눈앞에서 사라지자 유림은 애가 타서 목소리를 높였다. 그런 그녀의 외침을 들은 것인지, 안개 너머에서 큼지막한 그림자 몇 개가 날아들었다. 그림자는 빙빙거리며 유림의 머리 위를 맴돌았다. 파랗게 반짝이는 깃털 몇 조각이 눈앞을 스친 후에야 유림은 그 그림자의 주인이 무엇인지 알 수 있었다.

"뭐, 뭐야?"

그것은 바다에서 헤엄치고 있어야 할 새벽물떼새였다.

"새가…… 하늘을……?"

유림은 경악에 젖은 목소리로 중얼거렸다.

새들은 원래 자신들이 거기에 있어야 했던 것처럼 하늘 위를, 유림의 머리 위를 날개를 활짝 편 채 빙빙 날고 있었다. 새가 하늘을 난다. 도저히 눈으로 보고도 이해할 수 없는 이 상황 속에서 유림은 비명도, 신음도 내지르지 못했다.

훅-.

바닷가로 향하는 바람이 세차게 밀려왔다.

게스트 하우스를 가득 채웠던 안개는 새벽물떼새와 함께 순식간에 바닷가 방향으로 몰려갔다. 정신을 차린 유림의 눈앞에 있는 것은 무언가 거대한 것이 거칠게 찢고 나간 듯 세로로 큰 구멍이 나 있는 드림캐처가 전부였다.

*

– 아가야, 오늘은 할미랑 마실 나가지 않으련?

그날은 조금 특별한 날이었다. 언제나 방 안에서 묵묵히 구슬 꿰는 것밖에 할 줄 모르던 할머니가 먼저 바깥나들이 이야기를 꺼냈다. 어쩌면 그건 할머니로서 나름 오랜 시간 면밀하게 준비해 온 일일지도 몰랐다. 그도 그럴 것이 그날만큼은 아래층 식당이 문을 열지 않고 장사를 쉬었기 때문이다.

장사를 쉰다는 것은 어떻게 보면 엄청난 일이었다. 자신이 옹알이를 하고 발걸음을 떼기 훨씬 이전부터, 어머니는 쉬는 모습을 보인 적이 없었다. 월·화·수·목·금·토·일, 일주일 내내 어머니는 새벽바람에 일어나 밥을 짓고 장사를 하는 기계적인 생활만 반복했다.

하지만 그날은 달랐다. 매일 허름한 앞치마밖에 입을 줄 모르던 어머니가 잠자리 날개처럼 살이 비치는 얇은 옷을 걸치고, 얼굴에는 고운 화장까지 곁들였다. 기억이 시작된 이래 단 한 번도 본 적 없는 어머니의 모습에 적잖은 충격을 받았다. 빛도 들어오지 않는 작은 골방에 갇혀 살면서 보았던, 텔레비전 속에서 시시덕대는 연예인들이나 그렇게 입고 꾸미는 줄 여태껏 알고 있었다.

차려입은 어머니의 모습은 어느 연예인에 견주어도 손색이 없을 정도로 아름다웠다. 어째서 우리 엄마는 평소에도 저렇게 예쁘게 하고 다니지 않는 걸까. 자기 자신에게 묻고 답을 내릴 수 없어 고민했을 정도다. 그뿐만 아니라 전에 없던 다정한 어투로 말까지 건넸다.

― 엄마 갔다 올게. 한 밤만 자면 돌아올 거야. 그러니까 배고프면 냉장고에서 반찬 넣어 놨으니까 꺼내 먹어. 엄마 없다고 괜한 말썽 부리지 말고. 할머니 말씀 잘 듣고 있어. 알았지?

목소리에서 묻어 나오는 온기에 앞뒤 생각할 것도 없이 무조건 고개를 끄덕였다. 지금 이 순간 눈앞에 있는 어머니의 말에 토를 달거나 떼를 쓰는 것 자체가 엄청나게 나쁜 짓처럼 느껴졌다. 어머니는 짧은 눈길을 던져 주고 뒤를 돌아 집 밖을 나섰다. 그녀는 멀어져 가는 어머니의 모습을 조금이라도 더 보고 싶어 까치발을 세우고 한없이 시선을 늘어뜨렸다. 어머니의 모습은 흩날리는 꽃잎처럼 하늘하늘 길 위로 흔들리더니 얼마 안 가 골목 너머로 점이 되어 사라졌다.

이제 집에는 할머니와 자신, 온전히 둘만 남았다. 매일 국 끓는 소리와 주문하는 소리, 손님들의 말소리로 북적이던 가게에 전에 없는 깊은 침묵이 밀려왔다. 할머니는 온전한 고요 속에서도 평소와 마찬가지로 묵묵히 구슬 꿰는 일에만 집중했다. 그러다가 몇 번이고 대문을 바라본 후에야 일감에서 손을 놓았다. 마치 그때가 돼서야 어머니가 돌아오지 않는다는 것을 확신한 것 같았다. 그러고는 방구석에서 조용히 자리만 지키고 있던 나에게 말했다.

– 아가야, 오늘은 할미랑 마실 나가지 않으련?

그 말을 하면서 할머니는 확실히 웃고 있었다. 그건 어리숙한 자신을 속이려고 억지로 걸친 그런 웃음이 아니다. 말그대로 기쁨에 겨워 흐뭇하게 짓는 미소였다. 그게 할머니 얼굴에 걸려 있었다. 물론 그 미소에 의문을 느꼈던 건 아니다. 일단 나가자는 이야기에 그냥 응, 이라고 어린아이다운 대답만 내놓았다. 내심 곱게 차려입고 집을 나선 어머니가 부럽던 참이었다. 할머니가 마실 나가자는 이야기에 그녀는 마냥 좋다고 했을 뿐이었다.

할머니는 묵힌 짐을 털어 내듯이 구슬로 가득 찬 방 안에서 몸을 일으켰다. 그리고 오랜 골방 생활 끝에 굽어 버린

허리로 힘들게 균형을 잡으면서 한쪽 손을 내밀었다. 들뜬 그녀는 후다닥 달려가 할머니가 내민 손을 붙들었다. 주름 살이 겹겹이 눌린 그 손은 손녀의 조막만 한 손을 유난히도 강하게 움켜쥐었다.

할머니가 데리고 간 곳은 다름 아닌 근처 바닷가였다. 마침 썰물이 막 끝났을 무렵 때였던지라, 물이 빠져 해안선 저편까지 시커먼 진흙밭이 새카맣게 드러나 있었다. 나름 재밌는 곳을 기대했지만, 할머니가 말한 마실 장소가 고작 근처 바닷가라는 사실에 조금 실망했다.

그래도 이 시간에 외출을 나온 것 자체가 드문 일인지라 금방 기운을 차리고는 깔깔거리며 그저 즐거웠다. 호기심 어린 시선을 갯벌 이곳저곳에 던지며 당장 바닷물과 맞닿아 있는 곳 끝자락까지 걸어 들어갔다. 그리고 그 사이에 할머니 역시 조금씩, 아주 조금씩 갯벌 깊숙이 몸을 밀어 넣었다.

자꾸만 하체를 끌어당기는 진흙에 힘겹게 발을 움직였다. 바다와 가까워질수록 굳은 땅은 줄어만 갔다. 하지만 할머니는 어째서인지 돌아가자는 이야기를 하지 않았다. 오히려 그녀의 손을 붙잡고 고집스레 앞만을 향했다.

얼마 가지 않아 자신의 발은 한기로 뒤덮인 겨울 바다에 잠겼다. 그건 할머니도 마찬가지였다. 이제 파도가 밀려오는 속도는 단순히 걸음걸이에 비견될 정도가 아니다. 한 꺼풀 한 꺼풀 땅 위로 너울너울 내려앉는 물 자락은 무서운 속도로 일대를 뒤덮었다.

이제 수면은 발을 지나 발목까지 차오른다. 발을 움직일 때마다 첨벙거리는 소리가 뒤따른다. 본능적인 두려움에 발걸음을 틀어 봐도 자꾸만 달라붙는 물의 무게가 몸을 잡고 놓아주질 않는다. 불안감이 들어 할머니를 돌아보았지만, 자신을 이곳까지 데리고 온 할머니는 어째서인지 막막하게 밀려오는 바다에 시선을 맞추고 있을 따름이다.

그러기를 잠깐, 할머니는 너무나도 홀가분하고 선명한 웃음을 활짝 지어 보이며 물었다.

— 아가, 나는 이제 네 아비 만나러 간다. 너도 같이 갈래?

할머니는 이 말과 함께 몸을 숙였다. 지난날 골방에서 그랬던 것처럼 허리를 굽히고 밀려오는 파도에 가만히 등을 기댔다. 그리고 자신의 말에 어리둥절해하는 그녀와 눈을 마주하고는 나지막이 타일렀다.

— 꿈 한 번만 꾸면 돼. 잠깐 푹 자고 일어나면 된단다.

푸념하듯, 혹은 어르듯. 할머니는 맥없이 풀린 눈으로 중얼거렸다. 무겁고 탁한 공기가 힘없이 자신 위로 가라앉는 것이 느껴졌다. 할머니는 단 한 번도 보인 적 없는 강한 악력으로 자신의 어깨를 붙든 채 중얼거렸다.

— 꿈을 꾸러 가자, 꿈으로 가자, 꿈이 되자.

뿌옇게 가로막힌 풍경이 남아 있던 감각을 끌어안았다. 너무 순식간이라 뭐라고 비명조차 제대로 삼키지 못했다. 일순간 무언가 거대한 흐름이 자신의 작은 몸뚱이를 들어 올렸다가 그대로 내팽개쳤다.

시커먼 물의 무게가 사정없이 사지를 잡아끌어 당기는 것이 느껴졌다. 할머니의 희미한 미소가 조금씩 지워져 가는 시야를 짧게 스치고 지나갔다. 그리고 뒤이어 밀려온 거대한 냉기가 가슴팍을 거칠게 물어뜯었다. 버둥거리며 힘겹게 입을 달싹여 숨 한줄기만을 뱉어 냈다. 곧 어그러진 물소리가 마지막 남은 기억을 끌어내어 짓뭉개 삼켰다.

*

겨울이 깊어질수록, 하루하루 죽어 가는 날고기들의 수는 늘어만 갔다.

한해살이 날고기들은 산란을 마치고 얼마 가지 않아 죽는다. 이 날고기들은 죽어 가는 순간까지도 추운 숲을 지나 마지막 온기 한 점을 향해 헤엄치다가 지느러미를 접고 땅에 떨어진다.

매년 있는 일인지라 딱히 이상할 건 없었고, 날고기 사체는 알아서 시청에서 수거해 가니 문제될 것도 없었다. 하지만 숲과 인접해 있는 카페 라드모네는 이야기가 달랐다.

"으윽, 이것 봐. 또 창틀에 날고기가 끼어 있어."

선진은 바보같이 창틀에 머리만 내민 채 죽어 있는 날고기를 끄집어내며 투덜거렸다. 빛과 온기만 보면 반사적으로 달려드는 날고기들은 이맘때가 되면 카페의 틈이란 틈은 다 찾아서 어떻게든 안으로 들어오려고 기를 쓴다. 물론 그러다 중간에 기운이 다 빠져 죽어 버리는 게 대다수다.

"고생이 많네. 이것 좀 마시고 해."

마침 커피 두 잔을 들고 기영이 카페에서 나왔다. 그는 한참 청소에 몰두하고 있던 선진에게 왼손에 들고 있던 커피를 내밀었다. 선진은 커피를 받아 들며 대수롭지 않다는 투로 답했다.

"고생이라고 할 게 뭐가 있냐. 매년 하던 일인데."

그러면서 그는 창틀에서 빼낸 날고기 시체를 쓰레기통에 던졌다. 그래도 카페 주위에는 여전히 날고기 시체가 잔뜩 널려 있었다. 추운 숲을 벗어나, 빛과 온기를 따라왔지만 그 근처에도 가지 못하고 숨을 거둔 날고기들은 아직 잔뜩 있었다.

"얘들도 참 딱하지."

기영은 주위에 쓰러져 허옇게 배를 보이고 있는 날고기를 보면서 중얼거렸다. 매년 보는 풍경이지만, 어째서인지 거

북함은 사라지지 않는다.

"그럼 어쩌겠어. 날고기로 태어난 이상 어쩔 수 없는 일
인데."

선진은 대수롭지 않다는 투로 답했다, 기영은 날고기를
보면서 뜻 모를 말을 내뱉었다.

"만약에 하늘이 아니라 다른 곳에서 살았다면, 형도 날고
기들도 문제가 없었겠지."

선진은 농담조로 물었다.

"날고기가 하늘이 아니면 어디서 사는데?"

기영은 선진의 물음에 눈을 가늘게 뜨고는, 숲 저편에서
출렁거리는 안개에 눈을 맞췄다. 그리고 뜬금없는 단어 하
나를 읊조렸다.

"바다."

선진은 그 말을 듣고 자신도 모르게 웃음을 터트렸다.

"풋, 말이 되는 소리를 해라."

기영은 사뭇 진지한 어조로 물었다.

"형은 이상하게 생각해 본 적 없어?"

기영은 땅바닥에 떨어져 있던 날고기를 향해 턱짓을 했다.

"봐봐, 날고기들의 지느러미는 하나같이 조그맣잖아. 이
런 걸로 어떻게 하늘을 날아?"

"낸들 아냐. 날 수 있으니, 난 거겠지."

선진은 관심 없다는 투였다. 기영은 죽은 날고기를 보면서 이해할 수 없는 말을 중얼거렸다.

"혹시 얘들도 길을 잃은 게 아닐까."

"길을 잃어? 그게 무슨 소리야?"

선진은 가볍게 되물었지만, 기영은 사뭇 진지한 어조로 말했다.

"저기 숲은 안개가 너무 짙잖아. 그래서 사람도 길을 잃는데, 날고기는 어련하겠어. 자신이 어디에 있는지도 모른 채 헤엄치다가 원래 살았어야 할 바다를 떠나 하늘까지 오게 된 걸지도 몰라."

"그렇게 웃긴 소리는 처음 들어 본다."

선진은 더 들어 볼 것도 없다는 투로 말했다. 기영은 그러거나 말거나 죽어 있는 날고기들에게서 눈을 떼지 못했다.

한참 그러고 있던 그는 선진에게 나지막이 물었다.

"형, 어렸을 때 같이 숲에서 놀았던 거, 기억해?"

딱히 짚이는 게 없던 선진은 그 말을 듣고 어깨만 으쓱였다.

"그랬었나?"

"그랬었어. 숲에서, 숲에서 놀았었어."

기영은 이 말을 차분히 곱씹었다. 선진은 그 모습에서 평소와 사뭇 다른 이질감을 느꼈다. 그는 기영의 어깨를 툭툭

치며 일렀다.

"너, 오늘은 피곤하면 일찍 들어가서 쉬어라."

기영은 아무 말 없었다. 다만, 커피를 든 채 숲을 향해 몇 걸음 움직이기만 했다. 무슨 생각을 하는 건지, 눈의 초점이 없었다. 기영이 들고 있는 커피잔의 온기를 느낀 것인지, 숲에서 날고기 몇 마리가 빠끔 얼굴을 내밀었다.

"봐봐, 네가 그러니까 날고기들이 몰려오잖아."

어쩐지 지금의 기영이 낯설었던 선진은 일부러 너스레를 떨었다. 기영은 대꾸하지 않고 날고기가 있는 방향으로 커피를 내밀었다.

"이리 와, 괜찮아."

마치 어린아이를 어르듯 기영은 날고기들에게 말했다. 그러자 경계를 푼 날고기들은 퍼덕이면서 날아오더니, 커피잔을 둥글게 에워싸기 시작했다. 처음에는 몇 마리 수준이었지만, 한 마리 한 마리 늘어 가더니 금세 무리를 이뤄 기영의 팔 전체를 감싸 안았다.

"괜찮아, 괜찮아."

날고기들이 자신의 몸을 뒤덮는 순간에도 기영은 이 말만 반복했다. 그런 와중에도 날고기는 늘어 갔다. 이윽고 기영의 몸은 가지각색의 날고기 무리에 그대로 집어삼켜졌다.

"기영아!"

그 모습에 깜짝 놀란 선진은 서둘러 기영의 이름을 외치며 달려갔다. 그가 맹렬한 기세로 뛰어오자 날고기들은 겁을 먹고 제각기 다른 방향으로 흩어져 숲 저편으로 사라졌다.

하지만 그 사이에 있어야 할 기영의 모습은 어디에도 없었다.

처음부터 거기에 없었던 것처럼.

"기영아! 기영아!"

선진은 순식간에 눈앞에서 모습을 감춘 기영의 이름을 애타게 불렀다. 그의 목소리는 깊이를 모를 숲 저편을 따라 진득이 울려 퍼졌지만, 돌아오는 답은 없었다. 누군가 미처 가져가지 못한 커피잔 하나만 바닥에 널브러진 채 가만히 식어 가고 있을 따름이었다.

*

기영은 어렸을 때, 숲에서 길을 잃은 적이 있었다.

– 그러면 숨을 테니까, 잘 찾아봐.

이 말 한마디만을 남기고 그를 숲으로 데려온 장본인은 수풀 사이로 사라졌다. 혼자 남겨진 그는 막연히 자신의 발치 아래에 엉켜 있는 수많은 자갈 위로 눈을 내리깔았다. 숲이 이곳에 뿌리내리기 이전부터, 혹은 이후부터 굴러다니고 있었을 것들 위로 자신의 얄팍한 존재감이 늘어진다.

물론 그가 자진해서 숲에 들어온 것은 절대 아니다. 또래의 아이들은 숲을 놀이터처럼 여겼지만, 모든 것을 떠나 그는 숲이 무서웠다. 엉킨 가지 사이에 드리운 어둠이 무서웠고, 깊이 모를 정적 역시 무서웠다. 숲이 안개를 껴안고 웅크리고 있을 때면 혼자 소스라치는 두려움에 발작처럼 사로잡히곤 했다. 그래서 그는 언제나 숲으로 놀러 가는 아이들을 먼발치에서 물끄러미 보고만 있었다. 사실 원체 조용하고 숫기가 없어서 같이 놀러 가자고 할 친구도 별로 없었다.

그런데 무슨 바람이 불었는지 선진이 다짜고짜 숲에 가자며 그를 잡아끌었다. 물론 자신은 벌벌 떨면서 고개를 가로저었다. 하지만 선진은 막무가내였다. 같이 놀자면서 자신을 붙들고 숲으로 향했다.

둘은 우연히 숲 구석에 자리 잡은 공터에 발이 닿았다. 에워싸듯 나무가 빙 둘러 자라난 외딴 자갈밭이었다. 사람의 발걸음이 아직 닿지 않은 모양인지 저녁 자락에 딸려 온 쌀쌀한 바람만 빈 공간을 메우고 있었다.

선진은 자신에게 숨바꼭질을 제안했다. 선진이 숨으면 자신이 찾고, 자신이 숨으면 선진이 찾는 반복적이고 의미 없는 놀이였다. 몇 번인가 서로를 찾고, 숨기를 반복했다. 그러다 선진은 다시 한 번 잘 찾아보라는 말만 남긴 채 그를 두고 수풀 사이로 사라졌다.

기영은 사촌 형의 모습이 사라진 방향을 한동안 멍하니 바라보다가 쌓여 있는 자갈 위로 시선을 떨어트렸다. 언제까지 놀아야 하는지, 그리고 선진은 어디로 갔는지 알지 못했다. 그냥 하기 싫은 숙제를 억지로 떠넘겨 받은 기분이었다. 무엇보다 숲에 내리깔린 침묵이 그를 숨 막히게 했다.

숲은 언제나 조용했지만 오늘은 뭔가 달랐다. 지금까지 숲이 품고 있던 조용함은 번잡한 도시의 소음에 상대적으로 느껴지던 그런 조용함이었다. 하지만 오늘은 아무것도 들려오지 않는다. 무언가로 말끔히 지워 낸 것처럼 뒤틀리고 텅 빈 고요가 온몸을 휘감는다.

후들거리는 다리로 선진을 찾아 발걸음을 뗐다. 이미 눈가는 눈물에 젖은 지 오래였다. 선진은 분명 이 근처에 있을 것이라고 말했지만 아무리 이름을 불러도 답이 없다. 정신을 차리고 보니 자신은 어디라고 할 수 없는 숲 깊숙한 곳에 갇혀 있었다. 거기다 싸늘하게 식어 가는 땅에서 뿌연 안개가 몸을 일으키기 시작했다.

감각이 소실되자 아까부터 따라붙던 두려움이 본격적으로 자신을 집어삼켰다. 이제는 어렴풋이 보이던 형체조차 완전히 안개에 잠겨 버렸다. 그는 부들거리면서 쉼 없이 선진의 이름만 불렀다. 끝이 없다. 벗어날 수 없다. 저항할 수 없다. 무력감이 섬뜩하게 사지를 짓눌렀다. 그러던 중 뜻밖의 인기척이 안개 너머에서 자박자박 들려왔다.

처음에는 드디어 선진을 찾은 줄로 알았다. 하지만 안개 너머에서 얼굴을 비친 것은 낯선 노파였다. 나들이라도 온 것처럼 하늘하늘한 옷을 걸친 노파는 훌쩍이고 있는 자신에게 조용히 다가왔다. 그러고는 주름살이 자글자글한 손으로 눈물 어린 그의 뺨을 쓰다듬었다. 분명 처음 보는 사람이었지만 자신을 바라보는 노파의 눈에는 안쓰러움과 친근함이 뒤섞여 있었다.

─ 아가야. 지금 내가 네 꿈에 들어온 게냐. 아니면 나조차 네 꿈이었던 게냐.

푸념하듯, 혹은 어르듯.

주위에 얼마 남아 있지 않은 빛에 기대어 노파는 이해하지 못할 질문을 건넸다.

노파는 대답조차 듣지 않고서 그의 뺨을 쓰다듬었던 손을 거둬들였다. 어찌 됐든 여기서 누군가를 만났다는 생각에 노파를 붙잡으려 했지만 부질없는 짓이었다. 그가 입술을 몇 번 달싹이기도 전에 노파는 안개 너머로 앙상한 몸을 묻었다. 그리고 그 뒷모습에서 불쑥 튀어나온 어둠이 마지막으로 남은 그의 감각을 거칠게 매듭지었다.

"기영아!"

선진은 눈앞에서 증발해 버린 기영을 찾아 쉼 없이 소리쳤다. 급한 마음에 일대를 무작위로 달리면서 기영을 불렀지만, 애탄 그와 달리 아주 찰나의 순간에 사라져 버린 기영은 어디에도 보이지 않았다.

"내 목소리 들리면 말 좀 해 봐!"

선진은 길 한복판에 서서 온 힘을 쥐어짜 소리쳤다. 하지만 보이는 것은 그의 고함에 놀라 포르르 나뭇가지 사이로 숨는 날고기의 뒷모습이 전부였다.

"거기에 없어."

갑자기 낯선 목소리가 끼어들었다.

몇 번인가 빵을 얻어먹기 위해 카페에 들렀던 노파였다. 그녀는 나무 아래 쪼그리고 앉아 그를 물끄러미 바라보고 있었다. 대체 언제부터 자신을 보고 있었던 걸까.

선진은 왠지 모를 꺼림칙함을 느꼈지만, 지푸라기라도 잡는 심정으로 물었다.

"기영이가 어디로 갔는지 아세요?"

노파는 고개를 갸웃거리며 이해할 수 없는 대답을 내놓았다.

"아마 깊숙한 곳에 갔겠지. 거기서부터 잘못되었으니까."

"깊숙한 곳이라니요? 거기가 어딘데요!"

선진이 다그치자 노파는 조용히 검지 손가락으로 숲 저편을 가리켰다. 그리고 한참이고 선진을 바라보더니, 종종걸음으로 수풀 사이로 사라졌다.

선진은 노파가 가리킨 방향을 물끄러미 보다가 허겁지겁 휴대전화를 꺼냈다. 과연 노파가 말하는 '깊숙한 곳'이 어디인지 알 수는 없었지만, 커다랗게 입을 벌리고 있는 숲 저편을 가리켰다는 것만으로도 이유 모를 확신이 들었다.

*

"계세요!"

유림의 애탄 목소리가 가게를 쩌렁쩌렁 울렸다. 해장국을 준비하고 있던 희숙은 앞치마 차림으로 튀어나왔다. 희숙은 유림의 얼굴을 보자마자 퉁명스럽게 물었다.

"무슨 일이죠?"

"다해가 사라졌어요!"

유림은 희숙에게 서둘러 이 말을 뱉어 냈다. 다른 설명 방법을 고민하지 않았던 것은 아니었지만, 마음이 급해지니 자신이 봤던 그 상황이 직설적으로 입에서 튀어나왔다. 그리고 그녀는 허둥지둥 설명을 이어 갔다.

"그, 그러니까 다해가 눈앞에서 사라졌어요. 제 말이 이상하게 들릴 거라는 거 아는데…… 갑자기 안개가 깔리더니…… 새들이 하늘을 날아다니고…… 그리고 사라졌어요! 진짜예요!"

뭐라 자세하게 설명하고 싶어도 혼란스러움이 아직 가시지 않은 탓에, 입에서는 어쩐지 뒤죽박죽 섞인 말만 나왔다. 그래도 희숙은 어찌 이해를 했는지 곧장 대답했다.

"바다로 갔을 거예요."

"네? 그걸 어떻게 아세요?"

희숙은 숨을 몰아쉬며 단호하게 말했다.

"전 알아요. 그 아이가 있을 곳은 거기밖에 없어요."

*

눈을 뜨자 반쯤 갈라진 시야 사이로 희미한 빛이 내려앉았다. 다해는 조금씩 되찾아가는 의식 속에서 자신의 몸이 기울어져 있음을 알아챘다.

그러기를 잠깐, 갑자기 내리쬔 햇빛 한 점이 갑작스레 시야를 뚫고 들어왔다. 다해는 눈망울에 닿는 따가운 감촉에 반사적으로 눈을 감았다. 익숙한 어둠이 그녀의 눈을 다시 덮었다. 길고 긴 피곤이 온몸을 찍어 눌렀다.

"콜록, 콜록!"

정신을 차리자마자 기침이 터져 나왔다. 소금 한 됫박을 먹은 것처럼 목구멍이 따가웠다. 몇 번인가 기침하고 나서 힘겹게 숨을 몰아쉬자 바로 짠 내가 몰려온다. 다해는 한기에 맥없이 절절매며 다시 의식을 억지로 불러 세웠다. 그러자 아까 자신을 집어삼켰던 안개 무리가 한 번 더 눈앞을 하얗게 가득 채웠다.

– 바닷가 근처구나.

다해는 짧게 중얼거렸다. 지금 주위에 떠도는 공기는 그녀로서 아주 익숙하다. 언제나 맡아 왔기에 기억의 잔상 아래에 자욱이 깔려 있는 냄새였다. 다해는 바다의 파편 속에서 나지막이 숨을 내쉬었다.

다해는 어찌 됐든 이곳에서 벗어나야 한다는 생각에 천천히 발을 들어 올렸다. 하지만 갯벌 바닥을 걷는 건 쉬운 일이 아니었다. 걸을 때마다 차가운 진흙의 감촉이 이제는 발목 언저리를 지나 정강이 바로 아랫부분까지 이어졌다.

몇 번이나 진흙 아래 뭉쳐 있는 냉기에 발을 파묻다 보니 이제는 감각마저 굳어 버렸는지 뻣뻣한 느낌밖에 들지 않는다. 꼭 차가운 쇳덩어리 두 개를 다리 대신 끼우고 걷는 것 같다.

그러다가 그녀는 불현듯이 발걸음을 멈춰 세웠다. 애처롭게 잦아드는 숨소리만 새파랗게 질린 입술 사이에서 흘러나왔다. 다리를 휘어 감고 척추까지 뻗어 올라온 바닥의 냉기 때문에 허리가 그대로 굽어지다 못해 끊어질 것 같았다. 다해는 조금씩 지쳐 가는 가운데 가만히 주위를 쓸어 보았다. 시야 저편에 이르기까지 오직 두꺼운 하얀 안개만 내려앉아 있다.

ㅡ 끝이 보이지 않아.

다해는 갑작스레 자신을 꿰뚫는 이 사실 하나만 가만히 중얼거렸다. 아까부터 꽤 걸어온 것 같은데 포구는 고사하고 모래곶도 보이지 않는다. 아니, 그 이전에 아예 눈에 익은 풍경조차 나타나지 않는다. 절퍽이는 진흙밭과 깊이를 알 수 없는 회색 안개만 울타리처럼 그녀를 빙 두른 채 아까부터 끈덕지게 따라붙고 있다.

그 순간, 소금기 어린 바다 냄새만 가득하던 이곳에 갑작스레 쌉쓰레하면서도 낯선 냄새가 비집고 나타났다. 당장 볶아 낸 듯 진하고 깊은 고소한 향기를 머금은 커피 냄새다. 이전에도 맡은 적 있던 냄새였다. 다해는 코끝을 선명하게 훑어 내리는 그 자취를 따라 눈을 이리저리 움직였다.

다해는 숨을 몰아쉬면서 냄새가 이끄는 곳으로 움직였다. 그러다 저 발치 아래에 반쯤 진흙에 파묻혀 있는 기영의 모

습이 눈에 들어왔다. 기영은 그녀가 낯선 이곳에 내팽개쳐
져 있었던 모습 그대로 정신을 잃은 채 쓰러져 있었다.

"이봐요, 정신 차려 봐요!"

다해는 서둘러 기영을 뒤흔들었다. 기영은 신음을 내지르
며 눈을 떴다.

"으음."

"내가 누군지 알아보겠어요?"

다해가 채근하자 의식을 차린 기영은 빠르게 눈을 움직
였다. 그는 주위를 한참이고 훑어 내리다가 다해에게 되물
었다.

"왜 당신이 여기에 있죠?"

"그건 제가 묻고 싶은 이야기거든요."

다해는 힘 빠지는 목소리로 대꾸했다. 한참 헤매다가 그
나마 사람이란 걸 발견했는데, 어째 믿음직스럽지 않은 존
재다. 거기다 알 수 없는 공간에서 또 마주했다는 사실에 묘
하게 불안감이 들었다.

"여기는 대체 어디일까요."

다해는 푸념하듯이 말했다. 기영은 잠시 눈을 끔뻑이다가
더듬거리며 답했다.

"나, 여기가 어디인 줄 알아요."

끝을 알 수 없는 바다와 그 위로 짙게 깔린 안개. 척박한

해변과 쓸쓸하고 차가운 공기만 감도는 해변.

기영은 이곳을 매일같이 봐 왔었다. 잊고 싶어도 잊을 수가 없다.

"조심해요!"

다해가 갑자기 기영을 뒤로 밀었다. 기영과 다해는 한 덩이가 되어 철벅거리며 뒤로 나동그라졌다. 둘 사이로 새 한마리가 빠르게 스쳐 지나갔다. 다해는 하늘을 날고 있는 새를 보며 어안이 벙벙해서 말했다.

"새가 하늘을 날고 있잖아?"

바닷속에 있어야 할 새가 하늘을 날고 있다니. 다해는 눈앞의 광경을 보고도 이해를 못 해 멍한 표정만 지었다. 한마리가 아니었다. 족히 수십 마리는 될 새들이 열을 지어 하늘을 날고 있었다. 기영은 몸을 일으키면서 덧붙였다.

"그뿐이 아니에요."

기영은 떨리는 눈으로 수평선 너머를 응시했다. 저 멀리, 파도가 조금씩 몰려오는 지점에 거대한 꼬리지느러미의 형태가 몇 번이고 오가는 것이 똑똑히 보였다. 마치 몰려오는 바다를 따라 영역을 넓혀 가듯, 숲을 날아다니던 그것은 물에 몸을 숨긴 채 조금씩 가까워지고 있었다.

"고래가 바닷속에 있어요."

모든 것이 뒤엉켰다. 그 무엇도 제자리에 있지 않고, 정의

할 수 없는 세계만 막연히 놓여 있다. 다해는 당장이라도 눈물을 터트릴 것 같은 얼굴로 주저앉았다.

"이상해. 하나같이 이상해."

그녀는 무언가에 저항하듯 이 말만 곱씹었다. 그러다 기영을 쏘아보며 다그쳤다.

"여기가 어디인지 안다고 하셨죠? 말해 봐요! 대체 여기가 어디예요?"

"꿈."

기영은 침착한 어조로 답했다.

"제 꿈속이에요."

"네?"

다해는 어이가 없어서 되물었다. 기영은 진지한 어조로 설명을 이어 갔다.

"여기는 제 꿈 안이에요. 기억나요. 꿈속에서 봤던 그 바다예요. 제 꿈이 여기까지 쫓아온 게 분명……."

"이곳은 꿈속이 아니에요!"

듣고 있던 다해가 참다 못해 소리쳤다. 그는 바다를 가리키며 다급하게 설명했다.

"제가 사는 곳 근처라고요! 제가 살고 있는 포구 옆의 바다란 말이에요!"

그 말을 들은 기영의 얼굴에 충격이 번졌다. 그녀는 기영을 한참이고 바라보다가 조심스럽게 말했다.

"그러고 보니까 그 옷, 본 적 있어요."

다해의 눈은 기영이 입고 있던 카페 유니폼에 닿았다. 무릎 위까지 오는 검은 앞치마와 파란색 안감으로 박음질이 된 하얀 와이셔츠, 그리고 암갈색 바지까지. 매우 익숙한 옷이었다.

"이건 내가 꿈속에서 입고 있던 옷이야."

하루에도 몇 번씩이나 꿨었다. 꿈속에서 그녀는 한적한 카페에 앉아 숲을 바라보며 우두커니 시간을 보냈었다.

깨고 나면 모든 게 흐릿하게 남기 때문에 예전에는 미처 몰랐지만, 몇 번이고 직접 마주하다 보니 이제야 눈에 확 들어온다.

"왜 당신은 이걸 입고 있는 거죠? 왜 자꾸만 내 앞에 나타나는 건데요!"

악다구니를 내뱉는 다해의 목소리에는 혼란이 깊게 깔려 있었다. 갈 곳 없는 불안과 막연한 것에서 비롯된 두려움도 함께였다. 그리고 그것은 기영 역시 별 다를 바 없었다.

"제가 묻고 싶은 말이에요."

기영은 다해를 노려보며 질문을 그대로 되돌렸다.

"왜 자꾸 내 꿈속에서 나타나는 거죠? 그것도 내 꿈에 나오는 바다에서!"

여기까지 말하고서 둘은 약속이라도 하듯이 입을 다물었다. 대신 멀찍이 서서 서로를, 서로의 꿈에 나타난 존재를 말없이 지켜봤다. 둘은 서로에게 어떤 질문도, 추궁도 하지 않았다. 그러다 잠시 후에 다해는 기영을 노려보면서 뒷걸음치기 시작했다.

"그래, 다 당신 때문이었어."

처음 보는 숲에서 커피 냄새에 끌려 만났을 때도, 그리고 지금 새가 날아다니는 이상한 공간에 이르렀을 때도 이 남자가 함께였다. 어쩌면 지극히 당연한 일이었는데, 왜 의심조차 하지 않았는지 자기 자신이 한심하게 여겨진다.

"왜 진즉에 몰랐지? 당신이랑 만난 후부터 더 이상해졌는데!"

의심이 확신이 되자 다해는 이성을 잃고 기영을 다그쳤다. 기영 역시 지지 않고 목소리를 높였다.

"나 때문이 아니에요! 정말 모르겠어요?"

기영은 팔을 활짝 벌려 일대를 가리켰다. 그리고 그녀를 향해 쏘아붙였다.

"주위를 봐요. 이게 정말 나 혼자 때문에 이렇게 된 것 같아요?"

그 기세에 눌려 다해는 주춤거렸다. 기영은 잠시 숨을 몰아쉬고는 애써 외면해 왔던 현실을 공고히 했다.

"'우리' 때문이에요."

기영은 '우리'라는 단어에 의도적으로 힘을 실었다. 그리고 그가 말을 내뱉은 순간을 기점처럼, 축축한 진흙 밭 위에서 나무가 우거져 돋아났다. 감겨들어 갔다 다시 돌아가는 태엽처럼 삐걱거리며 감춰져 있던 세계가 천천히 눈을 떴다. 다해는 몇 번인가 자신의 몸을 휘감았었던, 그리고 다시금 자신의 발치 아래 돋아난 녹음을 보면서 기영에게 애원하듯 물었다.

"대체 당신은 누구죠? 이제 제발 말해 줘요."

그녀의 목소리에는 절박함이 서려 있었다. 하지만 기영은 그 말에 답해 주지 못했다. 그 역시 똑같은 질문만 그녀를 향해 할 수 있을 뿐이었다.

"그러는 당신은 대체 누군데요? 말해 줄 수 있나요?"

잿빛 파도가 한 겹, 두 겹 밀려와 두 사이를 적셨다. 동시에 나무들이 성큼성큼 자라났다. 새들의 펄럭임은 하늘을 맴돌고, 고래의 노래는 심연을 따라 이어진다. 숲과 바다, 이질적인 이 두 세계는 하나로 뒤엉켜 천천히 그 크기를 키워 갔다.

그 가운데에서, 다해는 기영을 바라보며 슬픈 눈으로 답했다.

"저도 제가 누군지 모르겠어요."

그녀의 입에서 이 말이 나오자, 그도 동의했다.

"마찬가지예요."

낮은 진동이 일대를 울렸다. 또다시 무언가가 움직이고 있다는 뜻이었다. 이리저리 뒤엉켜 가던 숲과 바다는 불안에 가득 차서 이리저리 요동쳤다. 바다는 뻣뻣하게 굳어 갔고, 숲은 출렁거린다. 그 중심에 선 다해는 자신을 에워싼 모순 사이에서 누군가에게 향하는 것인지 모를 질문만 중얼거렸다.

"대체 우리는 뭐가 잘못된 걸까요?"

기영은 그 대답을 듣고 잠시 고민하다가, 재차 물었다.

"잘못된다는 건 뭔데요?"

다해는 자조적으로 미소만 엷게 지어 보였다.

"그것도 모르겠네요."

빙글빙글 돈 질문은 대답 하나 없이 그대로 남았다. 다해와 기영은 의문을 뒤로한 채 무어라 설명하기 힘든 서로를 정면에 서서 지켜보기만 했다.

이어서 일대를 흔들리던 진동이 둘을 덮쳤다. 하나로 뒤섞여 가던 숲과 바다가 위로 솟구쳤다. 이윽고 두 사람 역시 그 흐름에 휩쓸려 바깥으로, 먼 곳으로 튕겨 나갔다.

*

"기영아, 정신 차려!"

애탄 목소리에 기영은 눈을 떴다. 의식과 감각이 몸 안으로 내팽개쳐지는 것이 어렴풋이 느껴졌다. 그러자 지금 자신의 몸을 이리저리 흔들고 있는 선진의 모습이 보였다. 기영은 꿈 너머에서 느꼈던 낮은 진동이 바로 이것이었음을 어렴풋이 깨달았다.

"형, 나 무서워."

기영은 자신으로서는 감당할 수 없는 두려움에 묻힌 채 선진의 팔을 붙들었다. 선진의 머리 위로는 우거진 나뭇가지들이 촘촘히 하늘을 메우고 있었다. 나는 여기에 있다, 라고 고개를 빼내 자신을 내려다보는 것 같다.

"나, 나 여기에 있는 거 맞아?"

기영은 선진을 향해, 그리고 자신을 주시하는 저 숲을 향해 흐느낌 섞인 물음을 쏟아 냈다.

"아니, 내가 있어야 할 곳이 여기가 맞아?"

*

"다해야!"

자신을 부르는 익숙한 목소리가 들려온다. 그녀는 그 부름을 따라 고개를 치켜들었다. 그러자 짜디짠 물에 숨이 턱

하고 막혔다. 이어서 거대한 힘이 자신을 저 위로 이끄는 중임을 알아챘다.

"콜록, 콜록!"

반사적으로 기침이 나왔다. 그리고 날카로운 한기가 몸을 비집고 들어왔다. 다해는 벌벌 떨면서 눈을 떴다. 자신을 끌어 올린 조각배와 바닷사람들, 그리고 그 가운데에 서 있는 희숙과 유림의 얼굴이 차례대로 들어왔다. 다해는 방금 전까지 자신이 바다 속에 있었고, 사람들이 겨우 자신을 끌어냈다는 것을 직감했다.

"다해야!"

희숙은 다해가 눈을 뜨자마자 비명을 지르며 달려왔다. 다해는 추위에 벌벌 떨면서 자신을 부르며 달려온 엄마에게 매달렸다.

"엄마, 이상해. 모든 게 이상해."

그녀는 무언가 고장 나 버린 것처럼 이 말만 곱씹었다. 희숙은 그런 자신의 딸에게 일렀다.

"걱정하지 마."

희숙은 굳은살이 박인 손으로 다해의 뺨을 어루만지면서 강한 어조로 말했다.

"이상한 건, 어디에도 없어."

우윳빛 경계 속에서

원두를 분쇄해 커피 추출 면적을 넓힌다. 커피 원두를 어떻게 분쇄하느냐에 따라 맛의 농도가 달라진다. 곱게 분쇄할 경우 물과 접촉 면적이 넓어져 진하고 쓴맛이 우러나오지만, 굵게 분쇄되면 커피가 묽어지면서 산뜻한 신맛과 깊이 있는 단맛이 우러나온다. 분쇄 강도와 시간에 따라 맛의 방향이 달라지는 만큼, 갈 때마다 달라지는 원두의 크기를 눈여겨봐야 한다. 모든 것이 그러하겠지만, 모습을 있는 그대로 간직하면 아무것도 나오지 않고, 그런다고 형체도 알아볼 수 없게 뒤엉켜 버리면 결과적으로는 모든 것을 망칠 뿐이다.

*

– 왜 그래?

– 자꾸 잠이 와.

– 많이?

– 응. 나도 모르게 와.

– 하지만 잠은 밤에 자는 거잖아.

– 몰라. 의사 선생님이 나는 자꾸 잠이 온대.

– 병이야?

– 응. 잠이 오는 병이래.

– 그래? 그럼 이거 마셔.

– 이게 뭐야?

– 커피라는 건데, 이걸 마시면 잠이 안 올 거야.

– 나 이거 알아. 엄마가 마시는 걸 봤어.

– 그래? 그럼 어서 마셔 봐.

– 에퉤퉤퉤퉤. 이거 엄청 써.

– 그래도 마셔. 마시면 분명 잠이 안 올 거야.

*

– 우리 딸, 왜 이렇게 울상이야.

– 엄마, 나 맨 날 잠이 와. 자고 싶지 않은데 그냥 잠이
와.

– 엄마가 옆에 있는데 뭐가 그렇게 걱정이야.

– 만약 엄마가 없을 때는 어떻게 해?

– 걱정 마. 엄마 어디에도 안 갈게.

– 정말?

– 응. 약속할게.

– 그래도 만약에 엄마가 없을 때 잠이 오면 어떻게 해?

– 그러면…… 노래를 부르렴.

– 노래?

– 우리 딸, 노래 좋아하잖아. 잠이 오면 노래를 부르는 거야.

– 그러면 잠이 안 올까?

– 그럼 당연하지. 노래를 부르면 오던 잠도 달아날걸?

*

기영은 기대고 있던 침대에서 몸을 일으켰다. 새하얀 건물의 내부가 부서지듯 시야에 들어왔다. 여기는 모든 게 반짝이며 빛난다. 창가도, 외벽도, 오가는 사람들이 입고 있는 옷도 티끌 하나 찾아볼 수 있을 정도로 말끔한 흰색이 자리 잡고 있다.

이윽고 문이 열리며 그와 마찬가지로 하얀 옷을 입은 이들이 들어왔다. 하지만 그들은 사람이 아니다. 등에는 소라껍데기가 붙어 있고, 손 대신 촉수가 돋아나 있다. 그들의 몸에서 돋아난 비늘에서 비린내가 물씬 풍긴다. 괴상한 생물로 얼기설기 만들어진 것 같은 그들은 기영의 살갗에 주삿바늘을 꽂는다.

곧 차갑고 서늘한 액체의 촉감이 꿀렁이며 혈관으로 찾아들었다. 그러자 무거운 몽롱함이 팔부터 천천히 휘감기듯 전신에 내려앉기 시작했다. 하지만 잠은 오지 않는다. 밤이 밀려올 무렵 자연스럽게 찾아드는 그런 기분 좋은 졸음이 아니다. 감각이란 감각을 모조리 맹물에 휘휘 저어 버린 것처럼 한없이 무기력하게 만드는, 그런 몽롱함이다.

기영은 입을 연다. 그러자 보글거리는 공기방울이 튀어나온다. 언제부터인지 모른다. 지금 자신은 바다 안에 있었다. 기영은 고개를 든다. 그러자 출렁거리는 파도가 창문 너머에서 물결치는 것이 보인다. 기영은 살갗에 닿는 감촉 속에서 눈을 감았다. 그의 앞을 뒤덮고 있던 푸른빛 위로 적막 어린 어둠이 가만히 내렸다.

*

다해는 가만히 가방에 머리를 뉘었다. 가방에서는 묵은

천 냄새가 났다. 하기야 옷장 구석에 처박혀 있는지 십 년이 넘었으니 당연한 것일지도 모른다. 그녀는 눈을 감고 머릿속으로 묵직한 가방의 무게감에 정신을 집중했다.

일단 필요한 것은 꾸역꾸역 집어넣었다. 사실 이렇게 오랜 시간 집을 떠나 본 적이 없는지라 무엇이 어떻게 필요한지 그녀는 몰랐다. 다만 이대로 가면 다시는 돌아올 수 없다는 이유 모를 불안감이 자꾸만 치미는 바람에 자꾸만 별의별 잡동사니를 주워 들게 됐다.

지금 있는 앉아 있는 골방. 그녀의 어린 시절과 기억 전반을 차지하는 이 작은 공간. 이곳을 이제 떠난다. 그리고 아주 먼 곳, 말로만 들었던 큰 도시로 향한다. 이 작은 조바심이 자꾸만 다해를 보챘다.

다해는 천천히 숨을 들이쉬었다. 산뜻한 산 공기가 느껴진다. 천천히 고개를 들자 방에 돋아난 나무줄기들이 보인다. 이게 언제부터 여기에 있었는지는 모른다. 푸른 이끼와 뽀얀 흙냄새를 따라서 나무줄기는 계속 자라나는 중이었다. 지난번 꿈에서 깨어난 뒤로 숲은 자신의 공간을 철저하게 침식하고 있었다.

다해는 이내 생각하는 것을 포기하고 방 너머 창가에 눈을 맞췄다. 조그마한 창 사이로 흘러나온 하늘의 푸른빛이 가만히 시야를 훑었다.

병원 휴게실은 생각보다 붐볐다. 기영과 마주 앉은 선진은 일부러 시선을 피했다. 기영 역시 그런 선진에게 그 어떤 말도 건네지 않았다. 탁하게 풀린 눈으로 주위에 내려앉은 풍경에 무심한 시선만 내던졌다.

"몸은 좀 어때?"

선진이 힘겹게 입술을 뗐다. 둘 사이에 놓인 침묵을 어떻게든 깨고 싶은 것인지 음절 하나하나에 잔뜩 힘이 실려 있다.

"나도 네가 그렇게 싫어하는데 억지로 입원시키고 싶은 생각은 없었어. 하지만 이번에 너무 놀랐거든. 물론 작은아버지도 찬성하셨고 말이야. 솔직히 말해서 우리는 전부 그때 네가 어떻게 된 줄 알았다.

물론 기면증이라는 게 걸린다고 죽는 병이 아니라는 것은 나도 잘 알아. 그래도 한겨울에 깊은 숲속에서 조난당하면 누구라도 멀쩡할 리가 없잖아. 숙모님은 이번에 아예 쓰러지실 뻔했다는 건 알고 있어?

이번에는 별 탈 없이 끝났지만, 나중에 안 그런다는 보장도 없잖아. 의사도 그러더라. 기면증 환자 중에서 이렇게 발작이 오래, 그것도 자주 일어나는 경우는 드물다고. 그러니까, 그러니까…… 어느 정도 몸 상태가 안정이 될 때까지만……."

말을 잇던 선진은 조금씩 목소리를 늘어트렸다. 나름대로 작정하고 꺼낸 말이었는데도 자꾸만 횡설수설 얽혀 버린다. 기영의 입원을 앞장서서 주도한 건 그 누구도 아닌 바로 선진이었지만 그런다고 해서 마음이 마냥 편한 것은 아니다.

"꿈을 꿨어."

오랜 침묵을 깨고 기영이 천천히 입을 열었다. 잠잠한 표정과 어울리지 않는 뒤틀리고 건조한 목소리였다. 기영은 눈을 게슴츠레 고쳐 뜨면서 주위의 무던한 풍경을 가만히 흘려 냈다. 실체에서 번져 나온 흐릿한 잔상만 번져 가며 눈앞을 지나쳐 간다. 그는 억양 하나 섞이지 않은 어조로 말을 이었다.

"고래가 바닷속을 헤엄치는 꿈이었지."

*

영업하지 않는 식당은 무거운 고요만 내려앉아 있었다. 의자와 식탁은 모두 텅 비어 있고 공기 중에는 메마른 시멘트 냄새밖에 떠돌지 않는다. 다해는 이처럼 이른 시간에 조용히 멈춰 있는 식당 풍경을 보면서 뜻 모를 낯섦을 느꼈다. 그녀의 기억과 일상 전반에 깔린 이곳은 언제나 복닥복닥하고 시끄러운 목소리가 오가던 곳이다.

– 여기가 원래 이렇게 컸던가.

다해는 사람 없는 가게를 조용히 훑어보면서 생각에 잠겼다. 무엇보다 부엌에 서서 이곳을 진두지휘하고 있어야 할 존재가 없자, 가게 자체가 나서서 활력을 잃어버린 것 같았다.

"나 왔다."

대문이 열리며 희숙이 굳은 얼굴로 들어왔다.

"우리가 없을 때 가게는 옆집에서 봐주기로 했다. 그쪽에서도 놀라더라. 내가 장사 쉬는 날도 있느냐고 말이야. 나도 물론 이렇게 될 줄 몰랐지만 그런다고 해서 그렇게 말할 건 또 뭐야? 어쨌든 이제 곧 출발이니까 화장실 가고 싶으면 미리미리 가. 짐은 다 챙겼어? 배는 아직 안 고프지? 밥은 일단 도착해서 짐 풀고 먹자. 알았지?"

희숙은 입고 있던 점퍼를 벗어 근처 의자에 대강 던져 놓으며 다해의 눈치를 살폈다. 다해는 지금 불룩하게 솟은 배낭을 끌어안은 채 풀린 눈으로 가게 안에 무심한 눈길만 내던지고 있었다. 그녀는 다해와 마주 보는 자리에 앉았다. 그리고 한동안 우물거리더니 짤막한 단어를 조심스럽게 끄집어냈다.

"미안하다."

희숙은 젖은 목소리로 말을 이었다.

"지금까지 정말 약이면 될 줄 알았어. 처음에 널 진단했던 의사도 기면증은 약만 잘 챙겨 먹으면 사는 데 지장 없다고 했잖아. 지금 생각해 보면 그 돌팔이 말을 왜 믿었는지 모르지만, 사실 나도 갑자기 잠이 오고 픽픽 쓰러진다는 말에 대수롭지 않게 생각했다. 오는 잠이야 까짓것 쫓으면 되고 어지럼증이야 빈혈 비슷한 걸 줄 알았지.

지금 생각해 보면 나만큼 미련한 년도 없다. 그냥 집에 묶어 놓으면 될 줄 알았는데 아닌 말로 네가 애기도 아닌데 한도 끝도 없이 그럴 수도 없는데 말이야. 진작 큰 병원 찾아서 검사라도 제대로 받아 볼 것을……. 너 부둣가에서 발견되었다는 말 듣고 얼마나 철렁했는지 몰라. 처음에 발견했던 아저씨는 네가 둥둥 떠 있길래 처음에는 그냥 시체인 줄 알았단다. 하늘이 도우신 거지. 만약 조금만 더 늦었다면…… 그랬다면…….”

목구멍에서 번져 오는 울음이 목소리를 집어삼켰다. 자신의 딸이 부둣가 근처에서 정신을 잃은 채 발견되었을 때를 떠올리면 아직도 심장이 두근거린다. 희숙은 서둘러 슬그머니 흘러내린 눈물을 닦아 냈다. 다해는 그런 엄마의 모습을 힐끔 보더니, 대비될 정도로 초연한 얼굴을 유지한 채 감정 없이 말했다.

"꿈을 꿨어."

엊그제 일을 회상하기라도 하는 것처럼 건조한 어투였다.

"새들이 바다가 아니라 하늘을 날아다니는 꿈이었지."

*

선진은 가만히 차갑게 식은 커피를 들이켰다. 텁텁하기 짝이 없는 미지근한 쓴맛이 끈적끈적하게 목구멍에 달라붙었다. 그는 살짝 인상을 찡그리고는 일부러 과장된 몸짓으로 종이컵을 탁자 위에 내려놓았다. 그러고는 슬쩍 기영의 눈이 고정되어 있는 방향으로 시선을 돌렸다. 그건 일종의 회피였다. 선진의 얼굴에는 슬픈 감정이 떠올랐지만, 그는 애써 체념한 듯 굴곡 없는 목소리로 한탄 어린 말을 내뱉었다.

"그건 꿈이라고 몇 번이나 말했어? 고래가 바닷속에 산다는 게 말이 된다고 생각해?"

*

희숙은 무언가 울컥 치밀어 올랐는지 굳은 얼굴로 한동안 침묵을 지켰다. 하지만 그녀의 두 손은 미묘하게나마 떨리고 있었다. 방금 다해가 한 이야기가 무엇을 의미하는지 그녀 역시 잘 알고 있다. 희숙은 당장에라도 자신의 머릿속을 집어삼킬 것처럼 끓어오르는 뒤틀린 두려움을 어떻게든 견뎌 내고자 최대한 태연한 자세를 유지했다. 그리고 어색하게나마 웃음을 지어 보이며 나지막이 일렀다.

"그래. 의사 선생님께 진찰받을 때, 새들이 하늘을 나는 이상한 꿈을 자주 꾼다고 꼭 말해 보렴."

*

그 말을 들은 그는 고개를 저었다.

"똑같은 꿈이 아니야. 늘 꾸던 꿈과는 조금 다른 꿈이었어. 처음에 꿈인지도 몰랐어. 아니, 과연 그게 진짜 꿈인지도 모르겠어. 난 분명히 깨어 있었다고 생각했는데, 자꾸만 바다가, 꿈속의 바다가 현실로 밀려와. 그리고 이제 슬슬 언제부터 내가 꿈에 붙들려 있었는지 헷갈리기 시작했어. 지금까지는 잠을 자면 꿈을 꿨는데, 이제는 깨어 있어도 꿈을 꾸게 돼. 아니, 꿈이 경계를 벗어나 나를 잡으러 와. 이러다가 현실의 나조차 잃어버리게 될 것 같아 무서워. 어디서부터 꿈이었고, 언제부터 꿈을 꾸고 있었는지도 이제 슬슬 헷갈려.

더 무서운 건, 왠지 모르게 내가 여기 있어서는 안 된다는 생각마저 든다는 거야. 바로 이곳, 이 현실에서 말이야. 자꾸만 이상한 생각이 들어. 나는 과연 여기에 있는 게 맞는 걸까? 어쩌면, 어쩌면 정말 다른 곳에 있어야 하는데 길을 잘못 든 건 아닐까? 그래서 이 모든 것이 일어난 게 아닐까? 사실은 내가 모든 것의 원인이 아닐까?"

*

그 말을 들은 그녀는 고개를 저었다.

"똑같은 꿈이 아니야. 늘 꾸던 꿈과는 조금 다른 꿈이었어. 처음에 꿈인지도 몰랐어. 아니, 과연 그게 진짜 꿈인지도 모르겠어. 난 분명히 깨어 있었다고 생각했는데, 자꾸만 꿈이 현실에 솟아나. 그리고 이제 슬슬 언제부터 내가 꿈에 붙들려 있었는지 헷갈리기 시작했어. 지금까지는 잠을 자면 꿈을 꿨는데, 이제는 깨어 있어도 꿈을 꾸게 돼. 아니, 꿈이 경계를 벗어나 나를 잡으러 와. 이러다가 현실의 나조차 잃어버리게 될 것 같아 겁나. 어디서부터 꿈이었고, 언제부터 꿈을 꾸고 있었는지도 이제 슬슬 헷갈려.

더 무서운 건, 왠지 모르게 내가 여기 있어서는 안 된다는 생각마저 든다는 거야. 바로 이곳, 이 현실에서 말이야. 자꾸만 이상한 생각이 들어. 나는 과연 여기에 있는 게 맞는 걸까? 어쩌면, 어쩌면 정말 다른 곳에 있어야 하는데 길을 잘못 든 건 아닐까? 그래서 이 모든 것이 일어난 게 아닐까? 사실은 내가 모든 것의 원인이 아닐까?"

*

"정말 미친 사람처럼 왜 그런 소리를 하는 거니!"

선진은 결국 참지 못하고 버럭 화를 냈다. 이에 기영은 말없이 선진을 바라봤다. 선진은 분노하듯이 가재와 비슷한 자신의 양 집게를 딱딱거렸다. 동시에 그의 눈이 촉수처럼 위아래로 빠져나와 들썩였다. 언제부터였는지는 모른다. 그에게서는 더 이상 사람의 모습이 보이지 않았다. 마치 처음부터 그랬던 것처럼 따개비에 뒤덮인 거대한 무언가로 눈앞에 있었다. 기영은 그런 선진을 보며 중얼거렸다.

"그래, 내가 정말 미쳤다면 차라리 나았을 거야."

*

"그만!"

희숙은 날카롭게 목소리를 높였다.

"알았으니까 그만해!"

그렇게 말하면서 희숙은 등에 있던 날개를 파닥였다. 희숙은 부리를 앙다문 채 가슴 털을 푸드덕 키워 보였다. 그 모습은 꼭 성난 거위를 연상시켰다. 언제부터인지는 모른다. 당연하다는 듯이 희숙은 커다란 새의 모습을 하고 있었다. 다해가 기억하는 인간으로서의 모습은 사라지고 없었다.

원래 이게 그녀의 모습이었는데 이걸 이제 와서 제대로 본 걸까, 아니면 내가 영영 미쳐 버리기라도 한 걸까.

다해는 이 의문 속에서 쓰게 웃었다.

"나도 정말 그만하고 싶어, 엄마. 그런데 그게 쉽지가 않네."

다해는 이렇게 말하면서 가게 밖을 바라봤다. 바다 사이로 우뚝 솟아난 나무와 무성하게 우거진 수풀이 보였다. 지난번 사건 이후, 이제 꿈에서만 숲이 보이지 않았다. 현실로도 쫓아와 서서히 그녀의 모든 것을 붕괴시키고 있는 중이었다.

*

선진이 떠난 후에 기영은 다시 병원에 홀로 남겨졌다.

"역시 별로네."

기영은 입에 닿자마자 몰려오는 실망감에 슬며시 인상을

찌푸렸다. 우연히 근처를 산책하다가 캡슐 커피 자판기를 발견했을 때는 나름 반가웠다. 안 그래도 카페 라드모네에서 한가하게 내려 마시던 커피가 그립던 참이었다. 그래서 기분이라도 내 볼까 한 잔 뽑았는데, 영 기대했던 맛이 아니다.

기영은 종이컵을 구겨 던지고는 휘적휘적 자리에서 일어났다. 이제 다음번 검진 시간까지 또 할 일 없이 시간을 보내는 일만 남았다. 어찌 보내든 상관없을 한가롭기 짝이 없는 순간. 그런 그의 옆을 날고기들이 우르르 훑고 지나갔다.

기영은 그들의 뒷모습을 말없이 눈으로 좇았다. 날고기들은 하나같이 환자복을 입고 있었다. 그들을 보면서 왠지 모를 섬뜩함을 느꼈다. 그러거나 말거나 그들은 옹기종기 모여 앉았다.

– 무엇을 하려는 걸까.

기영은 슬쩍 흥미가 돌아 멀찍이 서서 지켜보았다. 어차피 지금 딱히 바쁜 일도 없었다.

상어가 그 가운데에 앉았다. 그는 날고기들에게 오선지가 빡빡하게 그어진 인쇄물을 나눠 주었다. 뭔지는 자세히 모르지만 아마도 노래 가사가 아닌가 싶었다. 상어는 의도적으로 활짝 웃어 보이더니 등에 들쳐 메고 있던 케이스에서 갈색 통기타 하나를 끄집어 꺼냈다.

팽팽하게 매인 기타 줄이 매끄럽게 반짝였다. 이윽고 상
어가 피크를 들고 가볍게 줄을 튕기자, 상어의 등지느러미
가 기분 좋게 흔들렸다. 조용히 그 모습을 보고 있던 기영은
순간 자신도 이해하지 못할 말을 내뱉듯 중얼거렸다.

기타는 저렇게 치는 게 아닌데, 라고.

*

"버스표 끊어 왔다. 갈 채비는 다 했지?"

희숙이 가게로 돌아왔다. 대금 정리 때문에 오늘 하루를
추운 거리에서 보낸 희숙의 부리는 추위로 딱딱하게 굳어
있었다. 펄럭이는 날개에서 찬 기운이 묻어 나왔다.

"준비야 끝났지만……."

"에휴, 오다가 수다스러운 여편네들 만나서 욕 좀 봤다.
아니, 자기 집구석이나 간수 잘할 것이지 남의 딸이 병원 가
는 게 그렇게 떠들어 댈 일인가."

희숙은 요란하게 부리를 달싹이며 다해의 말을 잘랐다.
자신의 목소리에 약간이나마 섞인 주저함을 읽은 것일까.
다해는 마저 이으려던 말을 서둘러 집어삼키고는 애써 태연
한 얼굴로 화제를 돌렸다.

"몇 시 차예요?"

"오늘 저녁 9시 차야. 일부러 밤 버스로 끊었다. 버스 안에서 한숨 자고 일어나면 도착이니까. 그게 편하겠지?"

다해는 그런 엄마의 눈치를 보며 말했다.

"그러면 유림 언니 좀 만나고 올게. 그래도 되죠? 오늘 아침 내내 바빠서 언니한테 미처 간다는 말도 못했거든."

다해는 질문한 뒤에 일부러 희숙을 빤히 바라보았다. 사실 이건 희숙의 반응을 보려고 일부러 내던진 말이었다.

희숙은 유림을 그리 달갑게 생각하지 않는다. 대놓고 뭐라고 한 적은 없지만 아직까지도 희숙은 자신의 딸이 본격적으로 좌판을 끼고 포구를 돌아다니기 시작한 것도, 기타를 얻어 와 버스킹을 시작한 것도 모두 유림 때문에 헛바람이 들어 생긴 일이라고 굳게 믿고 있었다.

"그래라. 너무 늦지는 말고."

나름 각오하고 한 말임에도 불구하고 들려온 대답은 허무하리만큼 간단했다. 지금 그런 것에 일일이 화를 내며 입씨름할 힘조차 남아 있지 않은 모양이었다. 다해는 휘적휘적 2층으로 올라가는 희숙을 보면서 일부러 명랑하게 대답했다.

"알았어요. 어차피 인사만 하고 올 거니까 너무 걱정은 마."

다해는 이 말만 건네고서 서둘러 가게를 나섰다. 전화로 이야기는 했지만 그래도 친한 언니인 만큼 얼굴 보고 작별 인사는 해야 하지 않을까 싶었다. 무엇보다 저 상태의 어머니와 같은 건물 안에 있다 보면, 응고된 우울함에 갇혀 그대로 익사해 버릴 것만 같았다.

가게 밖을 나서자 싸늘하게 굳은 바닷바람이 본격적으로 쏟아졌다. 다해는 눈도 뜨지 못할 정도로 매섭게 몰아치는 추위 속에서 힘겹게 발걸음을 뗐다.

– 이런 날은 부드러운 우유 거품을 잔뜩 얹은 라떼 한 잔이 최고인데.

그녀는 해변으로 떠밀려 온 바다 거품을 보면서 중얼거렸다. 여기까지 생각이 닿자 다해의 발걸음이 순간 멈칫했다. 그러고 보니 늘 유림에게 신세 지는 주제에 찾아갈 때마다 빈손이다.

다해는 콧노래를 흥얼거리며 카페가 있는 방향으로 몸을 틀었다. 유림을 위해 따뜻하게 마실 것이라도 들고 가야겠다는 가벼운 일념이 그런 다해를 이끌었다.

사실 저번에 점원이 커피 원두를 가지고 자신을 비웃었던 것 때문에 다해는 아직도 기분이 언짢았다. 그래도 선택의 여지가 없었다. 솔직히 자신이 생각해도 맛도 별로 없고 비싼 데다가, 틱틱 대는 점원까지 있는 그곳에 커피 한 잔 마시려고 가는 것 자체가 웃겼다. 어쩌면 유림의 말따마나 그냥 기분 내는 맛에 카페에 가는 것일지도 모를 일이었다.

흐린 날씨 때문인지 카페는 한산했다. 유리문을 열고 들어가자 숨소리 하나 섞이지 않은 정적만 가만히 그녀를 맞았다. 다해는 카페에 들어오자마자 경계 어린 얼굴로 단발머리 점원을 찾았지만 어딜 갔는지 계산대는 텅 비어 있었다.

– 손님이 온지도 모르고 어디 구석에 처박혀 잠이라도 자고 있는 건가.

다해는 점원의 불성실에 대해 조소하며 뒤로 보이는 주방 너머로 흘낏 시선을 던졌다. 눈에 익은 에스프레소 머신 아래로 시커먼 커피 방울 몇 개가 뚝뚝 떨어지고 있는 게 보였다. 다해는 살짝 미간을 찌푸리더니 영문 모를 말을 별생각 없이 입에 담았다.

커피는 저렇게 내리는 것이 아닌데, 라고.

*

피크의 세모꼴 모서리가 거칠게 기타 현을 훑었다. 기타 줄 위에 반짝이며 뭉쳐 있던 빛은 이리저리 쓸려 가고 다시 응어리져 뭉치기를 반복한다. 기타 현의 개수는 모두 6개. 현을 누르고 있는 손가락의 힘이 음색의 진동을 조율한다.

기영은 앉아 있던 자리에서 천천히 몸을 일으켰다. 그의 두 눈은 연주되고 있는 기타 줄에 고정되어 있었다. 피크와 손가락이 현을 쓸어내릴 때마다 기영의 미간이 움찔거렸다.

거슬린다. 기영은 기타 연주에 열을 올리고 있는 상어를 불만 가득한 시선으로 내리훑었다. 정확히 말하자면 상어가 지느러미로 쥐고 있는 기타와 거기서부터 비롯되는 연주가 그의 고정되어 있던 감각을 건드렸다. 꼭 질척질척한 손가락이 귓구멍을 강제로 후비고 들어오는 것 같다. 연주와 음의 높낮이 모두 불안정했다.

하지만 막상 연주하고 있는 상어는 이 사실을 아는지 모르는지 날카로운 이빨을 달싹이며 열심히 노래만 부르고 있었다. 주위에 있는 날고기들도 노래 부르기에 바빴다. 기영은 주춤거리며 간격을 좁혔다. 시야를 붙들고 있는 기타와 자신, 이렇게 둘만 내몰려 남겨진 외딴 공간에 갇혀 있는 것 같다.

그러다가 연주가 멈췄다. 상어는 기타를 옆에 내려놓고 날고기들과 이야기를 주고받았다. 기영은 그 틈을 놓치지 않고 천천히 기타가 있는 곳으로 발을 움직였다. 바깥 햇살을 받아 반짝이는 6개 현 위로 조금은 일그러진 그의 얼굴이 언뜻 비쳤다.

기영은 재빨리 기타를 집어 들었다. 그리고 근처에 아무렇게나 주저앉아 자연스럽게 자세를 잡았다.

익숙하다.

그는 아까 전부터 꾹꾹 눌러 참았던 숨을 훅하고 내뱉었다.

기타 줄을 잡는 법, 악보를 머릿속에 그리는 법, 손가락을 움직이는 법.

피크 같은 건 필요 없다. 온전히 손가락 하나로도 충분히 조율할 수 있다. 아니, 오히려 그편이 음을 움직이는 데 편하다.

기영은 열 손가락을 빠르게 움직이며 의식을 자신의 연주에 기댔다. 자신도 왜 갑자기 기타를 주워들었는지 알지 못했다. 다만 깊은 안도감이 그의 몸을 덮쳤다. 지금 자신의 귀와 피부를 두드리는 연주의 진동이 허깨비처럼 흩어 날려 갈 몸을 여기에 단단히 뿌리내리도록 돕고 있는 것 같았다.

그러다가 그는 무심결에 눈을 떴다. 잠깐이나마 잊고 있던 주위 풍경이 찔러 들어왔다. 그때서야 그는 셀 수 없는 시선이 자신에게 내리꽂혀 있다는 것을 깨달았다. 기타의 원주인인 상어도, 옆에 둥글게 자리를 잡고 있던 날고기들도 눈을 동그랗게 뜬 채 놀란 얼굴로 자신을 주시하고 있다. 그들의 얼굴에는 하나같이 의외의 놀라움과 호기심이 번뜩였다.

기영은 식겁하며 숨을 꾹꾹 눌러 들이 삼켰다. 누군가가 자신을 보고 있다는 걸 깨닫자 매스꺼움이 몰려왔다. 기영은 외마디 비명을 지르며 자리에서 벌떡 일어났다. 들고 있던 기타가 바닥에 맥없이 떨어졌다.

기영은 두려움에 질려 무작정 뛰기 시작했다. 자신을 에워쌌던 눈이 쫓아와 와락 달려들 것 같았다.

그는 인적이 없는 외딴 구석 벽에 와서야 발걸음을 멈췄다. 그는 앞에 보이는 화단 아래에 몸을 밀어 넣었다. 눈에 띄지 않는 어두운 곳이 필요했다. 기영은 그대로 구석에 웅크린 채 자신의 귀를 서둘러 시멘트벽으로 눌러 막았다. 까슬까슬하고 차가운 감촉 저편에서 굳은 침묵이 밀려왔다.

기영은 한참이고 흐느끼듯 몸을 들썩였다. 그러다가 문득 정신을 차리고 천천히 고개를 비틀었다. 아까부터 이리저리 나부끼기만 했던 그의 의식이 한순간 붙들렸다.

기영은 팔로 바닥을 짚고 상체를 비스듬히 일으켰다. 어디서부터 시작되었는지 모를 찰박이는 파도가 형체 없이, 오직 소리로만 그에게 걸어오는 게 들려왔다. 기영은 풀린 눈으로 무게 없는 웃음만 실없이 뱉었다.

*

다해는 무심결에 주방 안으로 걸어 들어갔다. 에스프레소 머신 아래에서 진한 원두 향이 밀려왔다. 커피 추출기 아래로 검게 뭉쳐 있는 커피 자국이 보였다. 다해는 지금도 뚝뚝 떨어지고 있는 암갈색 방울을 슬며시 찍어 맛봤다. 텁텁한 쓴맛이 혀끝을 덮었다.

"원두를 너무 곱게 갈았어."

다해는 사뭇 진지한 얼굴로 중얼거렸다. 마침 그녀의 눈에 원두 그라인더가 보였다. 제법 오래 썼는지 손잡이 부분이 반질반질하게 닳아 있었다. 다해는 시범 삼아 한번 그라인더를 돌렸다. 금속 마찰음이 텅 빈 내부에서 삐걱거리며 들려왔다.

"그러고 보니 저번에 새로 원두를 들였다는 말을 한 적 있었지."

다해는 얄팍한 기억을 더듬으며 카페 찬장을 열었다. 그 안에는 지난번에 언뜻 본 적 있는 포대가 층층이 쌓여 있었다. 겹겹이 눌려 쌓인 원두에서 삐져나오는 고소한 향기는 덤이었다. 다해는 팔을 뻗어 그중 하나를 꺼내 들었다. 포대 안에서 와드드드, 원두끼리 부딪치는 자잘한 소리가 들리면서 오돌토돌하게 튀어나온 윤곽이 살갗에 닿았다.

익숙한 촉감이다. 다해는 뭔가 번쩍 생각이 들어 화들짝 손을 거둬들였다. 자신은 이걸 어디선가 만져 본 적 있다.

"그게 어디였더라?"

그녀는 자신에게 물음을 던지고서 어떻게 답해야 할지 몰라 어물쩍거렸다. 기억은 난다. 이 향기와 촉감. 모두 다 매일매일 이어진 일상처럼 각인되어 있다. 다음에 무엇을 해야 할지, 어떤 순서가 이어질지 자연스럽게 떠오르고 몸이 반응한다. 이건 머리로 배우고 책으로 암기한 그런 지식이 아니다. 오랜 시간 반복되고 반복되어 굳어 버린 습관과 얼추 비슷하다.

다해는 뇌리를 스쳐 가는 기시감을 쫓아 포대 안에 있는 원두를 한 움큼 쥐었다. 원두 사이에 서린 한기가 느껴졌다. 그녀는 손을 빼내어 원두 사이로 코를 묻었다.

"흐읍."

숨을 들이쉬자 아까 와는 짙은 향이 딸려 온다. 이미 한 번 볶아 나온 원두다. 아직 커피를 내린 것은 아니지만 벌써부터 그 맛이 입안에 잔잔히 감도는 것 같다.

그녀는 손에 들고 있던 원두를 그라인더 안에 털어 넣었다. 그리고 반질거리는 손잡이를 힘주어 잡았다. 다해의 손목이 돌아가자 톱니가 돌아가면서 원두가 아작거리며 부서지기 시작했다. 그녀는 일부러 손잡이를 잡은 손에 힘을 풀었다. 이건 일종의 자신만의 노하우였다. 원두의 곱기를 불규칙적으로 만들어 그때그때마다 다른 맛을 뽑아낸다.

다해는 에스프레소 머신에 갈린 원두를 넣고 침착하게 뒤로 한 발짝 물러섰다. 이제 기다릴 차례다. 곧 머신 아래로 더운물이 흘러내렸다. 끓는 물은 가루가 된 원두와 닿아 검고 깊은 향을 가진 액체로 내려앉는다.

다해는 자신도 모르게 코를 찡긋거렸다. 머신 아래로 조금씩 흘러내리는 커피에서 그리운 냄새가 났다. 갓 뽑아낸, 신선한 에스프레소에 고여 있는 향기. 다해는 이제 막 잔에 담기기 시작한 김 서린 커피로 떨리는 손을 천천히 내밀었다.

그 순간, 갑자기 닫혀 있던 유리문이 열렸다. 그리고 갈색 털을 가진 참새 한 마리가 안으로 불쑥 들어왔다. 다해는 그것이 불친절했던 점원이라는 걸 알아챘다. 참새는 날개를 펄럭이며 요란하게 소리쳤다.

"도, 도둑이야!"

자기가 있어야 할 주방에 누군가 얼쩡거리고 있으니 단단히 오해라도 한 모양이었다. 다해는 순간 어떻게 변명해야 할지 몰라 버둥거렸다. 도둑? 자신은 여기에 뭘 훔칠 생각으로 들어온 게 아니다. 다해는 서둘러 이 사실을 말하려고 했지만, 참새는 벌써 핸드폰을 꺼내 헐레벌떡 어디론가 전화를 걸고 있었다.

– 설마 진짜 도둑이라 생각하고 경찰을 부르려는 건가?

다해는 순간 당황해서 손에 잡히는 것 아무거나 참새에게 집어 던졌다. 다해의 머릿속에는 전화를 막아야겠다는 생각밖에 없었다. 다해가 집어 던진 물체는 긴 포물선을 그리며 정확히 점원의 머리에 적중했다.

"꺄아아아아아아아아악!"

또다시 날카로운 비명이 이어졌다. 참새는 난데없이 머리를 가격당한 충격 탓에 뒤로 발라당 넘어졌다. 참새의 머리 위로 끈적거리는 시럽이 뚝뚝 흘러내리고 있는 게 눈에 들어왔다. 일단 아무 생각 없이 집히는 대로 던졌는데 그게 하필 시럽통인 모양이었다.

다해는 그 틈을 놓치지 않고 주방 밖으로 뛰어나왔다. 참새는 주저앉은 채로 비명만 지를 뿐, 도망치는 그녀를 딱히 막아서지 않았다. 다해는 최대한 재빨리 카페 바깥으로 몸을 내던졌다. 그리고 뒤도 돌아보지 않고 달리고, 달리고, 이를 악물고 무작정 달렸다. 참새가 뱉어 낸 맹렬한 울부짖음만 그런 그녀를 뒤쫓듯 한참이고 이어졌다.

그녀의 황급한 도주는 외딴 모래곶에 이르러서야 멈췄다. 다해는 자신 앞에 자리 잡은 탁한 바다 앞에 이르러서야 헐떡이는 뜨거운 숨을 뱉어 냈다. 온몸에 파도치듯 전율이 뒤엉켜 일었다. 다해는 아직도 혼란으로 들끓고 있는 머리를 부여잡고 몸을 웅크렸다. 수면 위에 비친 자신의 모습 역시 난데없는 달리기에 흐릿하게 일그러져 있었다. 심장은 아직도 진정하지 못하고 요란하게 울부짖고 있다.

때마침 서늘한 바람이 불어왔다. 그녀는 산발한 머리카락을 하나둘 걷어 내면서 가만히 바람을 맞았다. 폐부 깊숙이 이끼와 흙을 뚫고 돋아난 숲의 향기가 들어찬다. 다해는 말 없이 바라보던 곳을 계속해서 바라봤다.

바다를 뚫고 자라난 거대한 나무가 그녀 위로 그림자를 드리우고 있었다. 아까보다 훨씬 가까워져 있다. 조금 전까지 불안하게 흔들리던 그녀의 두 눈만이 초점을 잃은 채 깊이 모를 숲을 나뒹굴었다.

*

기영은 침대 위로 내던지듯 몸을 누였다. 얄팍한 팔다리가 절절 떨렸다. 아직도 발작의 여파가 피부 아래 짙은 파문을 남긴다. 그는 몸에 구겨진 두려움을 억지로 쫓으며 베개에 얼굴을 파묻었다. 아까 자신에게로 향하던 사람들의 시선이 아직도 목덜미 가까이에 들러붙어 있는 것 같았다.

모든 것을 떠나 대인기피증은 여전히 자신의 목을 옥죈다. 애초부터 원인조차 모르는 병이다. 약은 있지만 그건 시시때때로 몸 밖으로 튀쳐나가는 정신을 억지로 붙들어 매 놓는 정도에 불과하다. 문득 감겼던 눈을 떴을 때 보이는 낯선 하늘이 두렵고, 혹시나 있을 누군가의 힐끔거리는 시선이 무섭다. 혹시나 한바탕 누군가의 눈초리가 할퀴고 지나가면, 그대로 심장은 위축되어 굳어 버리고 그것을 감당하지 못한 몸이 뒤흔들리기 시작한다.

"잠이 들면 안 돼."

아까 자신을 바라보던 날고기들의 눈동자가 자꾸만 떠올랐다.

"여기서 잠들면 또 어디서 깨어날지 몰라."

암시를 걸듯 스스로에게 내던진 이 말만이 강박증으로 굳어져 붕 뜬 뇌리를 섬뜩하게 쥐어뜯었다.

돌연 진정이 찾아왔다.

기영은 가쁜 숨을 토했다. 이건 발작의 증조였다. 위험하다. 기영은 힘겹게 간호사 호출벨로 팔을 뻗었다. 근육이 움찔거리고 피부가 오돌토돌 일어났다.

삐―, 호출벨이 짧은 소리를 뱉어 냈다. 기영은 어서 대기하고 있던 간호사들이 이 소리를 듣고 달려오기만을 기다렸다. 한시가 급했다. 그는 조금씩 조율을 잃어 가는 자신의 몸을 부여잡고 침대 매트리스에 머리를 처박았다.

이제 곧 얼마 안 가 발걸음이 우두두두 이어지며 간호사들이 분주하게 문을 열고 들어올 것이다. 그렇다면 적어도 누군가의 손에는 진정제가 들려 있겠지. 기영은 울부짖는 태풍에 홀로 내던져진 심정으로 자신의 감각을 최대한 진정시키며 이 모든 것을 그저 기다렸다.

하지만 아무리 버티고 버텨도 간호사들은 나타나지 않았다. 끙끙대던 기영은 혹시나 하는 마음에 호출벨을 연거푸 눌렀다. 삐, 삐, 삐-. 단출한 기계음이 몇 번이고 울렸다. 하지만 굳게 닫힌 병실 문은 굳게 닫힌 채 여전히 차가운 침묵만을 게워 냈다.

기영은 호출벨에서 힘없이 손을 떼고서 숨만 쌕쌕 몰아쉬었다. 점점 눈앞이 아득해지는 게 느껴졌다. 이대로 있다가는 지난번처럼 힘없이 발작에 휩쓸릴 게 분명했다.

그러다 갑자기 불길한 생각이 들었다. 어쩌면 자신이 누워 있는 잠깐 사이에 병원에 무슨 일이 생겼고, 그 때문에 간호사들이 못 오는 것일지도 모른다. 기영은 벽을 짚고 힘겹게 몸을 일으켰다. 가슴을 쥐어뜯는 것 같은 긴장이 여전히 웅크리고 있었지만 만약 그런 일이 정말 있다면 여기서 이러고 있어서는 안 된다. 무엇보다 자신을 지켜 줄 간호사나 약들도 저 문밖에 있지 아니한가.

갑자기 고개를 쳐든 위기의식이 억지로 그의 등을 떠밀었다. 기영은 한 걸음 한 걸음 무거운 발걸음을 내디뎠다. 굳게 닫힌 병실의 철문은 그런 기영의 시야를 차갑게 짓눌렀다. 그는 자꾸만 늘어져 가는 의식과 싸우면서 황급히 손잡이를 잡아당겼다. 이윽고 빠끔히 열린 틈 밖에서 카펫처럼 밀려온 희뿌연 안개가 그의 발목 아래를 뒤덮었다.

*

    다해가 게스트 하우스에 도착했을 때, 제일 먼저 보인 것은 의자에 몸을 걸친 채 맥주를 홀짝이고 있는 유림의 모습이었다. 이미 그녀의 모습은 커다란 펭귄의 모습으로 변해 있었지만, 다해는 신경 쓰지 않으려 애썼다. 솔직히 펭귄이 된 모습도 나름 어울렸다.

    "왔어? 안 그래도 이따가 한번 불러내려고 했는데 선수를 빼앗겼네. 너도 한 잔 마실래?"

    다해가 왔다는 것을 알자 유림은 먼저 반가움을 내비쳤다. 유림은 뒤뚱거리면서 친근함마저 표시했다.

    "아, 아뇨. 전 괘, 괜찮아요."

    다해는 맥주를 보고 조용히 고개를 저었다. 유림은 그녀가 파리한 인상으로 말까지 더듬자 반색을 하고 물었다.

    "뭐야, 너 얼굴이 왜 그래? 누구랑 싸우기라도 했어? 또 어머니랑 싸운 거야?"

    "그게, 그러니까…… 사실 카페에서…… 시럽통을…… 그러니까…… ."

    무사히 유림에게 도착했다는 안도감 때문인지 자꾸만 혀가 꼬였다. 다해는 횡설수설 자신도 알아듣지 못할 이야기를 뱉어 냈다. 그 말을 들은 유림은 김빠진 얼굴로 피식 웃더니 별것 아니라는 듯 쾌활하게 대답했다.

"드디어 네가 나섰구나. 잘했어. 네가 안 하면 언제 내가 날 잡고 뒤집을 생각이었는데. 원래 어딜 가도 만만하게 찍히면 안 되는 거야. 걱정할 것 없어. 여차하면 내가 대신 머리채라도 잡아 줄게."

별것 아니라는 듯이 가볍게 말하는 유림의 반응에 다해의 몸을 찍어 누르고 있던 긴장이 녹아 없어졌다. 대책 없는 말이라는 것은 잘 알지만, 그래도 유림이라면 무슨 일이 있더라도 덮어 놓고 자신 편을 들어 줄 게 분명하다. 유림의 성격이 어떤지는 익히 알고 있다. 만약 경찰이 코앞에 닥치더라도 잡아갈 거면 잡아가라고 손목을 눈앞에 들이밀 사람이다.

"그나저나 오늘 출발이지?"

유림은 다해를 보면서 넌지시 물었다. 다해는 자신이 하려 했던 말을 유림이 먼저 선수 치자 놀라서 되물었다.

"알고 계셨어요?"

"알다마다. 지금 네가 병원 가는 일 때문에 온 포구가 들썩이고 있는데 어떻게 그걸 모르겠어?"

엊그제 짤막하게 병원에 간다는 말은 한 적 있지만, 그래도 포구 내에 오가는 이야기가 자신보다 한 발 먼저 유림에게 닿은 모양이다. 다해는 외진 구석으로 눈길을 돌리고 변명인지 모를 말을 내뱉었다.

"처음 진찰받았을 때 의사 선생님이 그러셨거든요. 기면증은 애초부터 원인조차 없는 불치병이라서 아무리 큰 병원에 가도 못 고친다고요. 어딜 가든 그냥 약만 잘 들고 다니면 된다고만 하셨죠. 지금까지 그렇게 큰일도 없었고요. 그래서 우리는…… 저랑 엄마는…… 진짜 이대로 지내면 괜찮을 줄로만 알고 있었어요."

다해는 자신도 모르게 엄마가 했던 말을 똑같이 곱씹었다.

유림은 커다란 날개를 파닥이며 일렀다.

"그야 여기가 워낙 조그만 동네라서 그렇지, 그리고 내가 봤을 때는 그건 가벼운 기면증이 아니야. 어쩌면 정말, 다른 걸지도 몰라."

유림은 여기까지 말하다가 손에 쥐고 있던 맥주 캔을 신경질적으로 구겼다. 다해는 그런 유림에게 다정하게 말했다.

"고마워요, 언니."

"우리 사이에 뭘."

그러면서 유림은 다시 붓을 잡았다.

"혹시 병원에 가게 된다면, 심리 치료부터 받아 봐. 꿈은 무의식을 반영한다고 하잖아. 네 무의식이 너에게 뭔가를 말하고자 꿈을 통해 말을 거는 걸 수도 있어. 그리고 무엇보다……."

어쩌면 그건 꿈이 아닐지도 몰라. 나도 네가 꿨던 꿈에 섞여 들어갔었거든.

유림은 여기까지 말하려다가 그냥 말을 흐렸다. 다해가 바다 저편으로 사라지던 날, 자신도 분명히 하늘을 날던 새의 모습을 보았었다. 그저 꿈이라고 치부하기에는 그것은 생생하면서도 자연스러웠다.

하지만 도저히 이것을 어떻게 받아들일 방법이 없기에 그녀는 침묵하는 것을 선택했다. 다해의 병이 치료되면, 자신이 보았던 것 역시 단순한 헛것으로 받아들일 수 있지 않을까 하는 어처구니없는 기대감과 함께.

다해는 왠지 자신 때문에 분위기가 가라앉은 것 같아 일부러 화제를 돌렸다.

"그나저나 도색 작업은 다 끝난 거예요?"

"일단 대충은. 며칠 내내 매달려서 겨우 끝냈어."

벽화 이야기가 나오자 유림의 얼굴에 자부심 어린 빛이 떠올랐다. 다해는 게스트 하우스 한쪽 벽을 몽땅 차지한 커다란 벽화를 보며 알은체를 했다.

"이거 저번에 말한 만다라, 맞죠?"

다해는 기억을 더듬으며 언젠가 한 번 보았던 벽화를 눈으로 훑었다.

중심 부분에 커다란 뱀이 몸을 휘감아 원을 그리고, 그 가운데로 어떤 남자가 뱀의 몸에 기댄 채 곯아떨어져 있다. 몽롱하게 풀려 있는 얼굴 표정이 그가 빠져 있는 잠기운에 대해 말해 준다. 굳게 닫힌 남자의 눈꺼풀에서는 옅은 뒤척임 하나 찾아볼 수 없었다.

그 곁에는 아름답게 치장한 여인이 잠들어 있는 남자의 다리를 열심히 주무르는 중이었다. 그림 속의 그림. 잠에 빠진 남자와 그의 곁에 머무르는 여자. 이 둘은 커다란 뱀과 그 뒤로 펼쳐진 화려한 만다라를 배경처럼 두른 채 자칫 산만하게 퍼져 나갈지 모를 시선을 중심부로 끌어 모은다. 그리고 그림의 한가운데에는 남자의 배꼽 부분에서 피어난 연꽃 한 송이가 자리 잡고 있었다.

"맞아. 용케 기억하네."

다해의 말을 들은 유림은 옅게 조소했다.

"정확히 말하자면 만다라 위에 힌두 신화 한 부분을 그려 넣었어. 저기 가운데에 누워서 자고 있는 사람 보이지? 저게 바로 힌두교에서 가장 중요한 신인 비슈누(Vishnu)야. 그리고 그 아래에서 다리를 주무르고 있는 여자가 비슈누 신의 아내인 락슈미(Lakshmi) 여신이지.

힌두 신화에서는 지금 우리가 살고 있는 온 우주가 비슈누 신의 꿈이라고 믿어. 비슈누 신이 커다란 뱀 아난타(Ananta)를 타고서 커다란 우유의 바다 위를 둥둥 떠다니면서 꿈을 꾸면 배꼽 부분에서 연꽃이 자라나고, 그 연꽃 위로 우리가 사는 이 세상이 창조된다는 거지.

그러니까 힌두 신화의 관점으로는 드넓은 우주나 천국, 지옥, 왕국들의 흥망성쇠, 수많은 나라와 민족의 역사, 영웅들의 서사시, 눈물겨운 연애담, 이 모든 게 결국 비슈누가 꾸는 한때의 꿈에 불과하다는 거야. 물론 지금 우리가 사는 이 세상도 비슈누 신이 꿈을 꾸고 있는 덕에 유지되고 있다는 뜻이기도 하지만.

그러다가 비슈누 신이 꿈을 깨면 그대로 온 우주가 파괴되어 사라진대. 그 어떤 미련이나 흔적도 남기지 못한 채로 말이야. 락슈미 여신은 그것을 막기 위해 비슈누 신의 곁에 머물며 그가 함부로 잠에서 깨지 않도록 내조한다는 거지. 물론 어디까지나 말 그대로 신화지만, 조금 재밌지 않아? 난 말이야, 인도 여행을 하다가 이 창조 신화 이야기를 들었을 때는 이런 생각이 들었어."

유림은 고개를 들어 자신이 그린 벽화로 눈동자를 움직였다. 다해 역시 뒤따라 시선을 옮겼다. 자연스럽게 두 사람의 이목은 한곳에서 만나 그대로 굳어진다. 온 우주를 담는다는 화려하고 복잡한 만다라 중심 부분에 피어난 가냘픈 연꽃 한 송이. 눈을 게슴츠레하게 뜨면 그림 속에서 정말 연꽃이 흔들리고 있는 것처럼 보인다.

"만약 우리가 사는 이 세상이 누군가가 꾸는 한순간의 꿈이라면, 그 사람은 두 번 없을 단꿈에 젖어 있는 걸까? 아니면 끔찍한 악몽에 시달리고 있는 걸까?"

*

밀려온 안개는 슬그머니 기영의 발목 언저리를 휘감았다.

살갗에 차갑고 번뜩이는 감촉이 번뜩였다. 기영은 식겁해서 화들짝 발을 들어 올렸다. 낮게 깔려 있던 안개가 그의 시야 아래서 하얗게 부서졌다. 기영은 옆에 있는 벽을 더듬더듬 짚으며 입원실 바깥으로 향했다.

복도는 이상하리만큼 조용했다. 자신이 알던, 누군가의 분주한 웅성거림이 오가던 그곳이 맞는지 아무리 생각해도 의심스러울 정도였다. 자잘하게 들리는 기본적인 소음마저 멎어 있다. 어색하기 짝이 없는 고요. 소리를 낼 수 있는 모든 것들이 합심하여 함께 입을 틀어막기라도 한 것 같았다.

안개가 도대체 어디서 시작된 걸까. 기영은 복도에 연달아 이어진 창문을 몇 번이고 살폈지만, 어디에도 안개가 흘러들어올 틈은 없었다. 그 이전에 안개라는 것이 이렇게 스멀거리며 바닥으로 내려앉는 것이었던가.

기영은 자꾸만 뒤틀려 가는 의식 속에서 흔들리는 개념을 어렵사리 붙잡았다.

– 아니야, 이건 안개가 아니야.

그는 언제나 보아 왔던 익숙한 풍경을 기억 속에서 끄집어냈다. 한적한 오후 무렵이 되면 숲에서 흩날려 밀려온 안개 무리. 그건 이렇게 끈적거리며 바닥을 기어 다니지 않는다. 허상처럼 바람결을 따라 가볍게 흩날리며 조용히 오갈 뿐이다.

불현듯 기영 지금 자신 혼자 외딴곳에 내팽개쳐져 있을지 모른다는 생각이 들었다. 그는 휘청거리다가 근처 창틀을 붙잡았다. 속이 울렁거렸다. 그런데 갑작스런 진동이 그의 손가락을 타고 올라왔다.

기영은 피부를 두드리는 감촉에 힐끔 눈길을 옮겼다. 그러자 유리창 위로 반투명하게 비친 자신의 모습이 보였다. 지금도 통통거리며 살갗 위를 뛰어다니는 진동은 바로 거기서부터 시작되고 있었다.

기영은 창문에 얼굴을 바짝 가져다 댔다. 누군가의 노랫소리가 유리창을 규칙적으로 흔들고 있었다. 몇 번이나 들어 봤던 기영으로서는 매우 익숙한 목소리였다. 기영은 천천히 고개를 창가에 가져다 댔다.

그러자 커튼이 걷히듯 한적한 바닷가 근처를 걷고 있는 누군가의 얼굴이 떠올랐다. 기영은 자신도 모르게 숨을 멈췄다. 바람에 긴 머리를 늘어뜨린, 매우 익숙한 여자가 저 너머에 있었다.

한참 노래를 흥얼거리던 그녀는 기영의 인기척을 느꼈는지 천천히 고개를 틀었다. 이어서 둘의 눈은 유리창을 두고 마주쳤다.

*

다해는 게스트 하우스를 지난 뒤에 무작정 해안선을 따라 걸었다. 이유는 모르겠지만 그냥 집에 들어가고 싶지 않았다. 어차피 저녁 늦게 출발하니 아직 여유는 있었다. 노래를 흥얼거리며, 발에 밟히는 조약돌을 툭툭 차면서 그녀는 걸었다.

마침 썰물 때를 맞이한 해안은 시커먼 잿빛 속내를 어김없이 드러내고 있었다. 물 빠진 진흙땅 위로 새들이 날개를 질퍽이며 기어 다니고 있는 게 보였다.

바다에 기대어 살아가는 작고 여린 생명들. 이곳을 벗어나면 당장 삶을 이어 갈 방법이 없다. 다해는 바닷바람이 오갈 때마다 빠끔히 모습을 비추는 저들을 보면서 동질감을 느꼈다.

기면증 때문에 학교도 제대로 마치지 못했다. 픽픽 쓰러지는 통에 평범한 일자리는 꿈도 못 꾼다. 하지만 그래도 여태껏 딱히 포구 바깥을 동경한 적은 없었다. 그냥 이곳과 다른 세계. 모르는 사람들이 사는 낯선 공간. 이게 그녀가 가진 포구 바깥에 대한 개념의 전부였다.

쓰러지듯 잠이 들고 다시 깨어나길 몇 번이나 반복해도 언제나 포구의 비릿한 공기가 뒤따른다. 자의적으로 나간 적도 거의 없다. 그냥 무심히 잠에 젖어 걷다가 어딘지 모를 곳에 발이 닿으면 또 모를까. 이쯤 되면 이 땅이 자신을 잡고 놓아주지 않는 것 같다. 오늘 밤 떠나는 것에 영문 모를 두려움과 거리낌이 자꾸만 고개를 드는 것은 어쩌면 이 때문일지도 모른다.

저 멀리 얇게 보이는 바다가 스멀스멀 하얀 그을음을 내질렀다. 짙은 해무가 이번에도 육지로 몰려올 모양이다.

희고, 깊다. 언제 봐도 응어리진 하얀 무리에서는 그저 아득함밖에 느껴지지 않는다. 다해는 해안의 경계면에 서서 자신에게로 달음박질쳐 오는 안개를 무심히 맞이했다. 안개가 자신을 집어삼키면 또 익숙한 꿈에 잠기려나.

그녀는 조용히 입가를 일그러뜨렸다. 유림의 말이 불현듯 떠올랐다.

— 만약 우리가 사는 이 세상이 모두 누군가가 꾸는 꿈이라면, 그 사람은 두 번 없을 단꿈에 젖어 있는 걸까? 아니면

해괴하고 끔찍한 악몽에 시달리고 있는 걸까?

그녀는 흥얼거리던 노래를 길게 뻗어 내며 눈을 감았다. 다시 꿈이 자신을 부르려는 것 같았다.

과연 내가 꾸는 꿈은 단꿈일까, 악몽일까. 무의식이 무언가를 전하고자 꿈으로 말을 거는 것이라면, 대체 그 꿈을 통해 전하고자 하는 것이 뭘까.

이 물음을 곱씹으며 다해는 숨을 크게 들이마셨다. 안개 너머로 왠지 모르게 커피 향기가 딸려 왔다. 그녀는 익숙한 감각에 안기면서 생각했다.

이 바다를 떠나기 전에 조금은 그 해답을 찾았으면 좋겠다, 라고.

*

다해는 두꺼운 안개 사이에서 어딘지 모를 곳을 거닐고 있었다. 눈앞에 있지만 거리감이 느껴지는 걸 봐서는, 지금 그녀는 자신과 전혀 다른 곳에 있는 게 틀림없다. 갑작스런 조우에 기영은 서둘러 유리창 너머를 향해 말을 걸었다.

"저, 저기요."

그의 목소리를 들은 다해는 화들짝 놀란 기색을 보였다. 하지만 그녀는 딱히 반응하지 않았다. 기영은 지금 다해가 자신의 말을 모른 척하고 있다는 것을 알아챘다. 지난번 앙금이 아직도 남은 걸까.

"모른 척하지 말아요. 제 목소리가 들린다는 건 아니까."

기영이 다그치자, 그녀는 퉁명스럽게 대꾸했다.

"당신은 그저 제 망상이에요. 아니면 꿈이거나."

"전 꿈도 망상도 아니에요."

기영은 단호하게 말했다. 다해는 그 말을 듣자마자 날카롭게 쏘아붙였다.

"전 이제 바다를 떠나서 큰 도시에 있는 병원에 갈 거예요. 거기서 아주 좋은 의사 선생님을 뵙기로 했거든요. 그러면 이제 당신도 영영 사라지겠죠."

기영은 기가 차서 대꾸했다.

"제가 정말 사라질 거라고 생각해요?"

"지금은 그렇게라도 믿어야 해요."

그렇게 말하는 다해에게는 모종의 절박함이 읽혔다. 방법이 있어서 매달리는 것이 아니다. 이게 아니면 방법이 없다는 것을 알기에 매달릴 수밖에 없는 거다. 대략 다해의 상황을 파악한 기영은 단도직입적으로 일렀다.

"우리 다시 만나요."

기영의 말에 다해의 얼굴이 당혹으로 딱딱하게 굳었다. 그걸 보자 기영은 애가 탔다. 이대로 영영 다해와 멀어지면, 이 상황을 해결할 방법 역시 놓쳐 버릴지도 몰랐다.

"알아요. 싫다는 거. 하지만 우리 둘에게 뭔가 문제가 있다는 건 당신도 알잖아요. 도망쳐 봤자 꿈은 다시 쫓아올 겁니다."

기영은 급한 마음에 유리창을 붙들고 말을 이었다. 다해는 그에게 소리쳤다.

"도망치지 않는다고 해서 꿈이 안 쫓아오는 것도 아니잖아요!"

"적어도 맞서 싸우면서 대체 뭐가 문제인지는 찾아볼 수 있겠죠."

기영이 정곡을 찌르자 다해는 움찔거렸다. 속으로 갈등하고 있는 게 분명했다. 기영은 쐐기를 박듯 그녀에게 말했다.

"모르겠어요? 당신이 제 단서이듯, 저도 당신의 실마리이기도 해요."

기영은 물러서지 않았다. 물러서고 싶지도, 그럴 이유도 없었다.

그 말을 들은 다해는 잠시 고민하다가 선심 쓰듯이 답했다.

"알았어요. 차 시간이 남았으니까, 아주 잠깐 보는 것 정도는 괜찮을 거예요. 그 이상은 안 돼요. 알았죠?"

다해의 승낙에 기영은 조용히 안도의 숨을 내쉬었다. 그는 차분히 다해에게 일렀다.

"늘 만나던 곳에서 기다릴게요. 그리고……."

"그리고, 뭐요?"

다해가 되묻자 기영은 어색하게 웃었다.

"커피를 직접 내려 드린다고 했잖아요. 가시기 전에 그건 마시고 가셔야죠."

여기까지 말하고서 꺼내 든 것이 고작 커피라니. 다해는 실소가 절로 나왔다. 그녀는 한결 누그러진 표정으로 고개를 끄덕였다.

"그래요. 거기서 봐요."

이 말을 끝으로 유리창 위로 안개가 뿌리를 뻗었다. 다해의 모습은 천천히 그 사이로 가라앉아 사라졌다.

기영은 그때서야 유리창에서 몸을 뗐다. 다해와 약속을 하긴 했지만, 아직도 자신은 어딘지 모를 공간에 홀로 남겨 있다. 지금은 다해와 만나러 가기는커녕, 여기서 나갈 방법부터 고민해야 했다.

"도와줄까?"

낯선 목소리가 복도 저편에서 불쑥 튀어나왔다. 이어서 주름살로 뒤덮인 노파의 얼굴이 나타났다. 카페에서 몇 번인가 빵을 나눠 준 적 있던 그 사람이었다. 노파는 앙상하게 메마른 손가락으로 복도 한구석을 가리켰다.

"내가 말했지? 저걸 마시면 계속 깨어 있을 수 있어."

노파가 가리킨 방향에는 언젠가 한 번 내려 마신 적 있던 캡슐 커피 자판기가 있었다.

– 그걸 마시면 계속 깨어 있을 수 있어. 절대 붙잡히지 마.

언젠가 들었던 당부가 떠올랐다.

기영은 고민할 것 없이 자판기를 눌렀다. 이윽고 단조로운 기계음과 함께 커피 한 잔이 나왔다. 맛이나 향을 가늠할 시간 따위는 없었다. 그는 나온 커피를 서둘러 삼켰다.

"꿀꺽."

익숙한 쓴맛이 목을 타고 내려가 온몸을 덥힌다. 동시에 일대가 가볍게 출렁거리는 것이 느껴졌다. 그는 커피 향을 입가에 머금은 채 천천히 팔을 내렸다.

"괜찮으십니까?"

두꺼운 손이 기영의 어깨를 강하게 움켜쥐었다. 덩치 큰 복어 한 마리가 그의 곁에 있었다. 입고 있는 옷을 보면 간호사인 모양이었다. 기영은 어안이 벙벙해서 아무 생각 없이 고개를 끄덕였다. 그때서야 복어는 안심한 얼굴로 복도 저편으로 걸어갔다. 그리고 그 빈자리 가운데로 익숙한 병원의 모습이 차올랐다.

기영은 엉거주춤 있다가 얼떨결에 손에 들고 있던 커피를 떨어뜨렸다. 둔탁한 소리와 함께 갈색 커피가 사방으로 튀었다. 주위의 시선이 한순간에 몰렸다. 그는 자신에게로 꽂힌 눈길을 느끼고는 허겁지겁 자리를 옮겼다.

병원 풍경은 여전히 평화로웠다. 하지만 이 모든 게 눈 한 번 깜빡이면 그대로 허무하게 흩어져 버릴 것 같다는 불안감이 그의 등허리를 휘감았다. 기영은 머리를 쥐어뜯었다. 자꾸만 정신은 안정을 찾지 못하고 들썩이는데, 무엇을 어떻게 해야 할지 감이 잡히지 않았다.

"무서워?"

그에게 다시 은밀하게 목소리가 닿았다. 방금 만났던 노파였다. 노파는 병원 한복판에 서 있었지만, 누구도 이상하게 보지 않았다. 노파는 마치 전혀 다른 존재라도 되는 것처럼 붕 뜬 분위기를 두른 채 오로지 기영만을 주시하고 있었다.

"쉿."

노파는 기영의 심정을 어림짐작했는지 적당히 눈치를 줬다. 그리고 가만히 기영에게 손짓했다.

"따라와."

노파는 이 말만 남긴 채 복도 저편으로 빠르게 발걸음을 옮겼다. 기영은 잠시 고민하다가 노파의 뒤를 따랐다. 어째서 이 노파가 갑자기 여기서 나타났는지는 모르지만, 지금 기회를 놓쳐 버린다면 영영 이대로 영문 모를 것에 자기 자신을 빼앗겨 버릴 것 같은 불안감이 들었다.

앞만 보고 걷던 노파는 병원 세탁실에서 멈춰 서더니, 세탁실을 향해 눈짓을 했다. 그곳에서는 퀴퀴한 냄새와 방 한 가득 남자 간호사복이 쌓여 있었다.

"여기서부터는 알아서 해야 해."

노파는 이 말만 남긴 채 다시 복도 저편으로 걸어갔다. 얼떨결에 혼자 남겨진 그는 세탁실에서 한참 동안 우두커니 서 있었다. 그러던 중 쌓여 있는 옷가지에서 뭔가 반짝이는 것이 그를 붙잡았다. 기영은 무심결에 허리를 숙였다. 그러자 누군가 부주의하게 벗어 놓았을 병원 출입증이 빨래 더미 사이에서 삐져나와 있는 게 보였다. 기영의 이마에 무엇 때문인지 모를 잔주름이 깊게 패었다.

그는 일단 손에 잡히는 대로 옷가지를 주워 몸에 걸쳤다. 옷의 주인은 기영보다 살짝 몸집이 컸기에 전체적으로 살짝 헐렁했지만, 그런대로 입을 만했다. 그러고서 기영은 옷깃을 여미고 일부러 담담한 표정을 지었다. 완벽했다. 어딜 봐도 자신은 업무에 찌든 평범한 직장인으로 보였다. 거기다 목에는 보란 듯이 출입증까지 걸고 있지 않은가. 한번 각오하고 나니 자신이 생각해도 놀라우리만큼 깊은 침착함이 전신에 내려앉았다. 자신에게 이런 용기가 있었는지 감탄스러울 지경이다.

현관 밖으로 벗어나오는 것은 생각 외로 간단했다. 그저 문 앞에 있는 단말기에 출입증을 스치듯 찍고 나가면 그만이었다. 행여나 여기까지 와서 누군가 가로막고 서지는 않을지 걱정했던 게 허무하게 느껴졌다.

밖으로 나오자 싸늘한 바람이 옷깃 사이로 스며들었다.

– 이제 어디로 가야 할까.

기영은 밀려오는 추위에 고립된 채 생각에 잠겼다. 지금까지 자신을 옥죄어 오던 초조함도 병원 바깥을 나서자 힘없이 수그러들었다. 그는 가만히 바지 주머니에 손을 찔러 넣었다. 운 좋게도 바지 주머니 안에는 몇 장의 꼬깃꼬깃한 지폐가 들어 있었다. 이거라면 당장 어디라도 갈 수 있었다.

기영은 뒤를 돌아 자신이 방금 벗어난 병원을 한 번 더 바라보았다. 병원은 그 앞에 존재했지만, 보고 있자면 그냥 사라져 버릴 것 같은 막연한 두려움이 몰려온다.

그는 한동안 그러고 있다가, 다시 몸을 틀었다. 어차피 갈 곳은 정해졌다. 그러면 이제 움직여야 할 차례였다. 방금 전과 같은 불안감이나 두려움은 없었다. 오히려 까닭 모를 또렷함과 확신이 머릿속에서 떠오른다. 기영은 이를 악물었다. 몸이 자연스럽게 어디로 가야 할지 말해 준다. 온몸의 감각이 단 한 방향을 가리킨다.

기영은 천천히 발걸음을 움직였다. 그에게 남아 있던 꿈의 파편들이 술렁이며 그의 늘어진 그림자를 뒤따랐다.

그렇게 도시는 눈을 감았다

도구를 이용해 갈아 낸 원두에서 커피를 추출한다. 추출에는 여러 방법이 있지만, 보통 기구를 이용한 여과법이 선호된다. 거름종이 위에 갈아 낸 커피 원두를 놓고 뜨거운 물을 부으면, 있어야 할 것은 그대로 남고 딸려 나갈 작고 가벼운 것만 흘러내려 향과 맛을 간직한 한 잔의 커피가 완성된다. 이때 추출 시간이 길어지면, 쓴맛과 떫은맛이 강해지기에 최대한 간결하고 빠르게 내리는 것이 좋다.

*

다시 혼자 남게 된 유림은 맥주 한 캔을 더 냉장고에서 꺼냈다. 다해를 만나서 이야기를 한 탓인지 머리만 더 복잡했다. 그래서 어서 빨리 준비하라고 등을 떠밀었다. 그녀는 머릿속에 있는 혼란스러움을 억지로 무시하면서 차게 식힌 맥주를 들이켰다.

"다해 여기에 있니?"

낯선 목소리가 게스트 하우스 입구에서 들렸다.

– 누가 왔나.

유림은 입가에 묻어 있던 거품을 닦고 황급히 몸을 일으켰다. 창가 밖으로 다해의 어머니인 희숙이 보였다. 유림은 허겁지겁 현관문을 열었다.

"무슨 일이세요?"

유림이 얼굴을 비치자 희숙은 일부러 싫은 기색을 내비치며 대답했다.

"별거 아니에요. 우리 애가 들어올 때가 됐는데, 아직도 안 와서 혹시나 하는 마음에 와 봤어요. 다해 혹시 안에 있나요?"

"다해요? 방금 갔는데."

"알았어요. 길이 엇갈렸나 보네."

여기까지 말하고서 희숙은 슬쩍 눈을 흘겼다.

"그러지 말고 조금 일찍 보내지 그랬어요. 안 그래도 곧 출발인데."

유림은 그런 희숙의 눈빛을 읽고서는 일부러 삐딱하게 고개를 젖혔다. 희숙이 자신을 별로 좋아하지 않는다는 것은 그녀 역시 익히 알고 있다. 하지만 그런다고 이쪽에서 먼저 굽히고 들어갈 이유는 없었다. 무엇보다 자신을 싫어하는 사람의 비위를 맞추려고 일부러 빌빌대는 것은 유림의 하늘 같은 자존심에 금이 가는 일이다. 유림은 보란 듯이 눈을 치켜뜨고 맞받아쳤다.

"일부러 붙잡은 건 절대 아닙니다. 다만 다해가 많이 불안해하는 것 같아서요. 그래서 언니 된 마음으로 진정시켜 주려고 몇 마디 하다 보니까 길어졌네요."

"불안이요? 우리 다해가 뭐가 부족해서 불안해한답디까? 그쪽처럼 서방도, 가족도 없이 혼자 사는 것도 아닌데."

이건 어딜 봐도 노골적인 빈정거림이다. 유림은 질 수 없다는 생각에 보란 듯이 비웃음을 입가에 담았다. 그녀는 걸어오는 싸움은 피하지 말자는 주의였다.

"어이구, 누가 들으면 저만 서방 없는 사람인 줄 알겠네요."

"뭐라고요? 젊은 사람이 말 한번 참 예쁘게 하네. 그쪽 어머니한테도 이렇게 해요?"

서방이라는 단어에 울컥했는지 희숙의 얼굴이 단박에 노기로 달아올랐다. 유림은 팔짱을 끼고서 단호하게 말을 이었다.

"죄송하지만, 그쪽이 저희 어머니 들먹이실 자격은 없는 것 같네요. 적어도 저희 어머니는 제가 아프면 꼬박꼬박 병원에 데려가긴 하셨거든요. 아주머니처럼 남이 볼까 무서워서 가둬 키우지는 않았다 이겁니다!"

"뭐, 뭐요?"

유림이 다그치자 희숙은 당황했는지 말까지 더듬었다. 유림은 정곡을 제대로 찔렀다는 생각에 속으로 쾌재를 불렀다. 악감정이 그리 큰 것은 아니었지만, 평소 다해가 희숙의 성질에 눌려 사는 것을 옆에서 익히 지켜봐 왔다. 답답한 마음도 물론 없지 않았다. 언젠가 울면서 자신의 게스트 하우스로 도망쳐 왔을 때는 한 번 작정하고 대들라고 충고했을 정도다.

하지만 어디까지나 남의 집 가정사인 만큼 지금까지 딱히 대놓고 나선 적은 없다. 그래도 오늘 이렇게 희숙과 일대일로 얼굴로 맞대게 된 이상 하고 싶었던 말은 해야 직성이 풀릴 것 같았다. 슬슬 올라오기 시작하는 술기운도 이런 유림의 각오를 부채질했다.

"전 시집도 안 갔고 자식도 없어요. 그래서 이렇게 말씀드리는 것 자체가 괜한 오지랖일지도 모르겠네요. 그런데 어쩌겠어요? 그래도 친한 언니로서 다해가 안쓰러워서 이 말씀은 꼭 드려야겠습니다. 평소에 자신이 조금 너무하시다는 생각 안 드시던가요?

　물론 다해가 기면증 때문에 여러모로 고생하고 있다는 것은 저도 잘 압니다. 증세가 심해서 기면증이 도지면 잠결에 아무 곳이나 걸어가 버린다는 것도 알고요. 그러면 일찍 큰 병원을 찾아갔었어야죠. 누구는 자식 아프다면 집 팔고 땅 팔아서 병원 데리고 간다는데, 아주머니가 20년 넘게 다해 곁에 있어 주시면서 해 주신 게 도대체 뭔가요?

　기면증 때문에 안 그래도 고생하는 애를 누가 보고 흉이라도 잡힐까 무서워서 집 안에 꽁꽁 가둬 놓는 게 전부잖아요. 이번에 다해가 사고당하고 죽을 뻔했던 일이 포구에 쫙 퍼지고 나서야 부랴부랴 병원 찾아가는 거, 솔직히 말해 무책임하게밖에 보이지 않네요.”

　유림은 지금까지 마음 한구석에 묵혀 두고 있던 말을 속사포처럼 쏟아 냈다. 말을 하면서 자신이 조금 너무했나 싶은 생각도 없진 않았다. 그래도 이렇게 한바탕 내지르고 나니 속이 다 시원했다.

　만약 자신의 말을 듣고 악이 바친 희숙이 머리채라도 잡으려고 한다면, 어디 한번 해 보자며 기꺼이 들이받을 용의도 있었다. 하지만 희숙의 반응은 놀라우리만큼 차분했다. 희숙은 혼자 열을 내며 씩씩대는 유림의 눈을 주시한 채 한 자 한 자 힘을 주어 물었다.

"누가 그런 말을 하던가요? 제가 다해가 아픈 걸 부끄러워했다고요?"

"포구 사람들한테 물어보세요. 다들 뭐라고 말하는지. 여기 사람들은 듣는 귀도 없고 보는 눈도 없답니까?"

유림이 쐐기를 박듯 지분거리자 희숙은 가라앉은 목소리로 말했다.

"……그쪽도 직접 봤잖아요. 그러고도 나한테 그런 말을 해요?"

많은 것을 의미하는 말이었다. 유림은 정곡이 찔려서 순간 움찔거렸다.

"그, 그건…… 어…… 그러니까…….."

유림은 더 이상 따지지도 못하고 말을 더듬거렸다. 아직도 창틀에는 찢겨 나간 드림캐처가 걸려 있던 참이었다. 희숙은 유림의 마음을 짐작한 듯, 한숨을 내쉬고 말을 이었다.

"아무튼 저에 대해서 뭔가 굉장한 오해를 하고 계신 것 같군요."

*

"간호사들이 지금 이 일대는 모조리 뒤지고 있습니다. 그러니 너무 걱정하지 마세요. 얼마 되지 않아 발견될 겁니다. 무엇보다 지금······."

의사는 여기까지 말하고서 잠깐 말하는 것을 멈췄다. 선진 앞에서 기영을 어떻게 칭해야 하는지 고민하는 것 같았다. 앞에서 조용히 설명을 듣고 있던 선진은 짤막하게 대답했다.

"사촌 동생입니다."

"아, 그래요. 사촌 동생. 그러니까 제가 하고 싶은 말은 지금 사촌 동생분이 얇은 환자복을 입고 나갔다는 겁니다. 아시다시피 지금 바깥은 굉장히 춥습니다. 어떻게 병원 밖으로 나가셨는지는 모르지만, 추위 때문에 멀리는 못 가셨을 겁니다. 아마 근처 어딘가에 있는 건물에 들어가서 바람이나 피하고 있는 게 고작이겠지요. 전에도 이런 적이 몇 번 있었습니다. 하지만 대개 갈 곳이 없어서 금방 돌아오시더군요."

"제가 걱정하는 것은 기영이가 언제 돌아오느냐는 게 아닙니다."

선진은 의사의 말을 단호하게 잘랐다. 그리고 떨리기 시작한 목소리로 말을 이었다.

"아시다시피 제 동생은 기면증을 앓고 있어요. 그래서 어디서 어떻게 쓰러져 잠들지 아무도 모릅니다. 물론 제 발로 걸어서 돌아오면 좋겠지만 그러지 못하는 상황에 처해 있을 수도 있어요. 만약 선생님 말씀대로 바람을 피하려고 어디 구석에 숨었다가 기면증 때문에 잠들어서⋯⋯ 정말 그래서 못 오는 거라면 기영이는 지금 위험해요.

저번에도 한번 말씀드렸지만, 제 동생은 얼마 전에 깊은 숲 근처에서 조난당한 적이 있어요. 기면증이 도져서 그냥 잠결에 어디 깊숙한 곳으로 걸어가 버린 거죠. 만약 조금만 늦게 발견되었더라면 아마 제 동생은 숲속에서 얼어 죽었을 겁니다. 선생님, 전 무섭습니다. 이번에도 그런 식으로 어디 잘못 들어가서 사고라도 당할까 무섭다고요. 만약 기영이한테 무슨 일이라도 생기면 저는⋯⋯."

울먹이며 갈라진 목소리 탓에 선진은 더 이상 말을 잇지 못했다. 이어지는 낮은 흐느낌이 작은 진찰실 하나를 꽉 채웠다. 앞에 앉아 그런 기영을 보고 있던 의사는 착잡한 얼굴로 입을 열었다.

"동생분을 많이 아끼시나 보군요."

선진은 붉어진 눈시울을 닦으며 힘없이 고개를 떨어트렸다.

"기영이가 그렇게 된 것은, 어쩌면 저 때문일지도 모릅니다."

*

"제 남편은 뱃사람이었어요. 이 포구에서 태어나 줄곧 여기서 자랐다고 하더군요. 벌써 20년도 훨씬 지난 일이지만 아직도 그이를 처음 보았던 순간이 아직도 생생해요. 피부가 새까맣게 그을린, 정말 척 봐도 다부져 보이던 사내였거든요. 많이 배우고 자란 것 같지는 않았지만, 그래도 정말 사람 하나는 좋아 보였어요. 그래서 부모 형제 만류 다 뿌리치고 홀몸으로 여기로 시집왔어요.

그 사람, 아버지 얼굴도 못 보고 자랐대요. 어렸을 적에 배 타고 바다에 가셨다가 그길로 돌아오지 못해 홀어머니 아래서 컸다더군요. 지금 사람들이라면 학을 뗐겠지만 저는 괜찮았어요. 그 사람만 내 곁에 있어 준다면 평생 시집살이하면서 바닷가에서 비린내 맡고 사는 게 뭐가 대수냐. 전 정말 그때만 해도 이렇게 무식하게 생각하고 있었지요.

얼마 안 가 우리 다해가 생겼어요. 1년, 그렇게 딱 1년은 정말 행복했어요. 그런데 어느 날 밤이었어요. 오늘처럼 안개가 잔뜩 낀 밤이었죠. 오늘 고기 때를 놓치면 몇 달은 손을 놀리고 있어야 한다면서 그 사람은 배에 올랐어요. 우리 다해 유치원이라도 보내려면 돈 몇 푼이라도 벌어 놔야 하지 않겠느냐면서요.

그날 결국 못 돌아올 줄 알았으면 그냥 한번 미친 척 붙잡아 볼 것을. 저는 늘 그랬듯이 당연히 웃으면서 돌아올 줄

알았어요. 아무리 인명이 제천이래도 그길로 영영 못 보게
될 줄 어찌 알았겠어요."

*

"저와 기영이는 둘 다 외동입니다. 그래서 친형제나 다름
없이 컸어요. 나이 차도 얼마 되지 않고 집도 가까워서 어렸
을 때는 거의 매일같이 만나서 놀았습니다. 숙부님과 숙모
님은 그런 제게 언제나 고마워하셨죠. 기영이는 천성적으로
내성적이고 말이 없어서 같이 놀 친구가 별로 없었거든요.

아니, 어쩌면 기영이에게 그나마 친구라고 부를 수 있는
건 저 하나뿐이었을지도 모릅니다. 저희 부모님도 그 사실
을 잘 알고 계셨기에 제게 언제나 기영이를 챙기라고 당부
하셨어요. 그래서 어디서 누구랑 놀기로 한 약속이 있다거
나, 누구네 집에서 생일 파티가 있어서 갈 일이 생기면 꼭
제 손에 기영이의 손을 깍지 끼워 같이 보내시곤 했죠.

저도 한 형제처럼 자란 기영이가 싫지만은 않았습니다.
어찌 됐든 기영이는 말 잘 듣고 착하고 귀여운 동생이었으
니까요. 하지만 한편으로는 어린 마음에 그런 기영이가 조
금 귀찮았던 것은 사실입니다.

그날도 마찬가지였어요. 당시 우리 또래에서는 학교 끝나

고 숲에 들어가 노는 게 일과였습니다. 저 역시 학교가 끝나
면 친구들과 우르르 숲으로 몰려가곤 했죠. 그런데 기영이
부모님, 그러니까 제 숙부님과 숙모님은 기영이가 누구와도
숲에서 놀지 못하고 외톨이가 된 것이 내심 걱정이 되셨던
모양입니다."

*

"바닷가에서는 과부 흉을 못 본다는 말 혹시 알아요? 말
그대로예요. 파도가 조금 높이 친다 싶으면 한 집 건너서 꼭
곡소리가 들리곤 하거든요. 한평생 기대어 살아도 모르는
게 바다예요. 50년 넘게 앞바다에서 고기잡이했던 사람이
어제 분 바람에 떠밀려 물에 빠져 죽어도 이상할 게 없는 곳
이 바로 여깁니다. 사내란 사내는 죄다 배 타고 고기 잡으러
갔다가 뭔 일 터지면 그대로 골로 가 버리니 바닷가에 과부
가 얼마나 많겠어요?

그나마 시체라도 건지면 어디 묻어나 줄 수 있으니 차라리
나은 편이죠. 시체도 못 건지면 그다음부터는 그냥 무작정
기다리는 것밖에 수가 없어요. 이제나 올까, 내일이나 올
까, 바다만 보고 하염없이 기다리는 거예요. 그러다가 지치
면 그냥 고개만 끄덕이는 거죠. 아, 죽었구나. 죽어서 못 돌

아오는구나. 그때쯤 되면 진이 빠지고 넋이 나가서 울지도 못해요.

저희 시어머니도 마찬가지였습니다. 다해 아빠 낳고 딱 3일 뒤에 혼자 되셨다더군요. 그래도 저는 1년 남짓 같이 살았으니 그래도 어머니보다 팔자가 낫네요. 어찌 됐든 그 후로 쭉 여기 살았어요. 다행히 다해 아빠 앞으로 보상금이 나오더군요. 그걸로 식당을 짓고 가게를 열었어요. 산 사람은 살아서 입에 풀칠이라도 해야 하니 별수가 있나요. 처녀 때 식당 일을 조금 한 적이 있는데 그게 여기서 도움이 될 줄은 꿈에도 몰랐습니다.

저희 시어머니는 그런 제 선택을 달가워하지 않으셨습니다. 다해 아빠가 그렇게 된 이후로 줄곧 좋은 사람 찾아가라고 몇 번이나 제 등을 떠미셨어요. 과부 설움은 과부가 안다고, 창창한 나이에 혼자 남게 된 저를 보는 심정이 오죽하셨겠습니까.

하지만 그래도 그 사람 생각이 자꾸만 발목을 잡더군요. 내일이라도 불쑥 '나 왔소.' 하면서 쌩쌩한 얼굴로 불쑥 문 열고 들어올 것 같은 거예요. 그래서 조금만 더 있자, 몇 년만 더 있자, 우리 다해가 학교 들어갈 때까지만 있자, 라면서 스스로를 다독이다 보니까 20년이 훌쩍 지났네요.

그런데 저희 어머니는 조금 다르게 생각하셨어요. 시어

머니가 재가하라고 아무리 다그쳐도 자리를 지키고 있는 건 눈앞에 피붙이가 있어서 그런 거라고, 우리 다해가 있어서 제가 떠나지 못하는 거라고 그렇게 믿으셨지요."

*

"그래서 숙모님과 숙부님은 제게 숲에 놀러 갈 거면 기영이와 함께 가라며 몇 번이나 신신당부하셨죠. 저희 부모님도 틈만 나면 기영이를 챙기라고 말씀하셨어요. 그리고 언제나 제 손에 용돈까지 쥐여 주셨죠. 하지만 저는 그렇겠노라고 말만 했을 뿐, 한 번도 기영이를 숲에 데려간 적이 없습니다.

기영이를 숲에 데려가 봤자 귀찮기만 했거든요. 같이 노는 친구들도 굼뜨고 말수 적은 기영이를 하나같이 재미없어했고요. 하지만 기영이는 워낙 착해 그런 저를 단 한 번도 어른들에게 이르지 않았습니다. 저에게는 퍽 다행스러운 일이었죠. 용돈은 용돈대로 챙기고, 귀찮은 사촌 동생은 나 몰라라 할 수 있었으니까요.

사고는 그로부터 얼마 지나지 않아 일어났습니다. 학교 근처에 게임방이 생긴 게 원인이었죠. 저는 게임을 지루하게 느꼈지만, 친구들은 아니었습니다. 풀이나 나무밖에 없는 숲보다 번쩍거리는 게임을 더 좋아했어요. 그래서 날이 갈수록 숲에서 노는 인원이 줄기 시작했죠.

제 입으로 이런 말 하기는 그렇지만, 저는 친구들 사이에서 골목대장 같은 위치였거든요. 친구들을 데리고 숲 이곳저곳을 탐험하며 다니는 데 재미가 들려 있었어요. 그런데 친구들이 줄자 왠지 모르게 초조해지기 시작했어요.

그때 제 눈에 띈 것이 바로 기영이었어요. 착하고, 말수 없고, 내가 뭐라고 하든 그저 바보같이 헤헤거리던 사촌 동생. 이보다 만만한 사람은 없었죠. 거기다 어른들이 당부했던 일도 있었으니 이건 약속을 지키는 것이나 다름없다며 혼자서 자기 합리화까지 했습니다. 그렇게 저는 그날, 기영이를 억지로 데리고 숲으로 향했습니다."

*

"어머님은 다해를 언제나 아가, 라고 불렀어요. 처음에 저는 나름 그런 어머니가 고마웠죠. 비록 눈에 띌 정도로 애정을 보이신 적은 없지만 그래도 우리 다해를 손녀로 생각하고 제 딴에는 예뻐하시는 줄 알았어요. 어머님은 다해 또래 아이들을 봐도 절대 아가라고 하신 적이 없으셨거든요. 기껏 해 봐야 '누구네 집 딸', '아무개 아들' 정도가 고작이었습니다. 어머니가 '아가'라고 애칭을 붙여 부르는 것은 오직 우리 다해 하나뿐이었어요.

그런데 얼마 지나지 않아 이상한 점을 발견했죠. 저희 어머니가 식당을 찾아온 손님 아이에게도 아가라고 하는 겁니다. 아가, 그거 가지고 놀면 안 돼요. 아가, 뛰어다니지 마라. 아가, 화장실은 저기에 있다. 우리 다해를 부르던 칭호로 손님의 아이를 부르고 있는 겁니다.

처음에는 대수롭지 않게 생각했죠. 하지만 가면 갈수록 이상한 점이 확고히 보이더군요. 이웃에 사는 아이들은 모두 꼬박꼬박 구분하며 부르시는데, 가게를 한번 들렀다가 그냥 갈 아이들과 우리 다해만큼은 언제나 '아가'라고 칭하시더라고요. 그때 뭔가로 머리를 탁하고 얻어맞은 심정이었어요.

어머님은 다해가 예쁘셔서 아가라고 부르신 게 아니었던 겁니다. 다해 역시 그냥 자신 곁에 머물다가 어딘가로 획 가버릴 아이여서 아가라고 대강 부르셨던 거예요. 당시 저는 어머님에게 틈만 나면 선 자리를 권유받고 있을 때였어요. 여기서 비린내 맡으면서 밥장사하지 말고 하루라도 더 빨리 짝 찾아서 떠나라고 말입니다. 물론 저는 그때마다 단호하게 거절했지만요.

그런데 어머님이 다해를 어떻게 생각하시는 줄 안 순간,

덜컥 다해가 위험해질지 모른다는 생각이 들었습니다. 언젠가 어머님이 흘러가듯 이렇게 말씀하신 적이 있거든요. 이제 막 혼자되었을 적에, 앙앙거리던 다해 아빠를 차라리 어디에 콱 하고 던져 버리고 담 넘어서 도망치고 싶었던 적이 한두 번이 아니었다고. 그런데 서슬 퍼렇게 눈 뜨고 있는 시어머니랑 시누이 때문에 그러지를 못했다고요.

그게 그냥 단순한 신세 한탄이었을지도 모릅니다. 하지만 당시의 제게는 그렇게 들리지 않았어요. 시어머니가 우리 다해를 어디에 몰래 내던지고 와 버릴 것 같았어요. 무서웠습니다. 안 그래도 슬하에 아들만 잔뜩 있어서 누가 딸자식 하나 업어다 주면 귀하게 키울 사람을 알고 있다고 진지하게 말씀하신 적이 있었거든요.

그때부터 저는 쉬지 않고 어머님과 다해를 감시했습니다. 마음 같아서는 어디 유치원이라도 보내고 싶었지만, 당시 살림이 그리 넉넉하지 못했어요.

가게는 1층이었고 살림을 하는 방은 2층인지라, 제가 버티고 서 있으면 어딜 함부로 못 나가게 막고 서 있을 수는 있었습니다. 어머님도 제가 주의 깊게 행동한다는 것을 아셨는지 특별히 눈에 띄는 행동은 하지 않으셨어요. 근처 공장에서 받아 온 구슬 꿰는 잔업만 하시면서 어린 다해를 종종 챙겨 주는 것이 어머님 하루 일과의 전부였죠.

그러던 어느 날, 예전부터 알고 지내던 친한 동생에게로부터 청첩장이 날아왔어요. 시집간 뒤에도 잊지 않고 제게 청첩장을 보내 줘서 정말 고마웠지만, 마음 한편으로는 제가 떠나고 어머님과 단둘이 남게 될 다해가 걱정이었죠. 적어도 오고 가는 데 이틀은 걸리는 거리였으니까요.

그런데 어머님이 어떻게 아셨는지 제게 결혼식에 가 보라고 먼저 말씀하셨습니다. 고작 해 봐야 이틀인데 무슨 일이 있어 봤자 얼마나 있겠냐는 투였지요. 평소였다면 단박에 고개를 저었겠지만 그날은 달랐습니다. 오랜만에 고향 사람들끼리 얼굴도 좀 보고 싶었고, 포구를 떠나 잠시나마 외출을 즐기고 싶기도 했지요.

당시 저는 조금 지쳐 있었어요. 가게 일도 가게 일대로 바빴지만, 거친 뱃사람들 사이에서 과부 직함 달고 밥장사하기가 좀 힘들었어야죠. 사실 청첩장을 받았을 때, 나름 흥이 나기도 했습니다. 그래서 평소와는 다르게 가 볼까 하는 마음이 들더군요. 무엇보다 고작 해 봐야 이틀인데, 어머님 말씀대로 무슨 일이 일어나도 얼마나 일어날까 싶었죠.

맞아요, 고작 이틀. 고작 해 봐야 이틀인데 설마 그 사이에 어머님이 기어코 일을 저지르실 줄은 정말 꿈에도 몰랐어요."

*

"하지만 막상 도착해 보니, 여간 지루한 게 아니었습니다. 그도 그럴 게 제 친구들과 달리 기영이는 조용하고 말수도 없었으니까요. 그래도 여기까지 온 이상 뭐라도 해야겠다는 생각에 평소 가지 않았던 숲의 어두운 구석까지 찾아 들어갔습니다.

그리고 기영이와 반강제로 숨바꼭질을 했죠. 내가 어디 근방에 숨어 있으면 기영이가 저를 찾고, 그러면 이번에는 기영이가 저를 숨고 저를 찾는, 단조로운 놀이였습니다. 저는 친구들 없이 기영이하고도 재밌는 시간을 보낼 수 있다는 걸 증명하고 싶은 오기에 깊은 수풀 속에 몸을 숨겼습니다. 그런데 얼마 지나지 않아 덜컥 두려움이 찾아오더군요.

숲은 해가 일찍 저뭅니다. 거기다 워낙 울창해서 깊숙한 곳으로 들어가면 낮에도 햇볕이 제대로 들어오지 않아요. 평소에는 밤늦게 숲에서 놀아도 제 곁에는 친구들이 있어 줬습니다. 하지만 그날은 혼자인지라 어두운 숲이 유독 무섭게 느껴졌습니다.

식상한 표현일지 모르지만 어디선가 뭐가 튀어나올 것 같았지요. 부스럭거리는 소리만 들려도 지레 놀라 비명까지 지르기도 했습니다. 노을빛에 늘어진 그림자 하나하나가 제게 달려드는 괴물이나 귀신으로밖에 보이지 않았죠. 그러다가 결국 완전히 겁에 질린 저는 숨바꼭질이고 나발이고 모조리 포기하고 도망치듯 숲을 나왔습니다. 무책임하게도 사촌 동생이 아직 남아 있다는 것을 완전히 잊어버리고서 말입니다.

그날 저녁, 집안은 말 그대로 발칵 뒤집혔습니다. 어린아이가 놀러 나간 뒤에 밤늦게까지 집에 돌아오지 않았으니 놀랄 수밖에요. 어른들은 홀로 집에 돌아온 저를 추궁했고, 저는 아버지에게 뺨 몇 대를 내리 맞은 후에야 기영이를 숲에 두고 왔다는 사실을 이실직고했습니다. 어른들은 기겁하고서 바로 119에 연락했고, 구조대가 급하게 숲에 파견되었습니다. 자칫 잘못하면 굉장히 위험해질 수 있는 상황이었어요. 막 초겨울에 이르렀을 때로 자칫하다가는 기영이가 그대로 숲에서 얼어 죽을 수도 있었으니까요.

다행히 얼마 되지 않아 기영이는 무사히 발견되었습니다. 무슨 이유 때문은 모르지만, 의식을 잃고 쓰러져 있었다더군요. 그것 말고 딱히 몸에 이렇다 할 상처는 없었어요. 가족들은 모두 천만다행으로 여겼죠. 다음 날 아침이 되자 곧바로 의식도 찾았고요.

그런데 깨어난 이후에 이상한 말을 하기 시작하더군요."

*

"솔직히 저는 아직도 어머님이 무슨 심정으로 다해와 바다로 나섰는지 모릅니다. 아니, 그 이전에 과연 다해를 어떻게 생각하셨는지 더 궁금하네요. 정말 그 어린것을 청상과부 앞길 막는 애물단지 정도로밖에 여기지 않으셨을까요? 그래도 자기 아들의 자식인데 조금은 피붙이로서 예뻐해 주실 수는 없으셨을까요? 그 어린 것의 손을 잡고 바닷물로 걸어갈 때 과연 무슨 생각을 하셨을까요?

결혼식을 다녀온 후에 저는 정말 자지러질 뻔했습니다. 건너에 사는 누군가가 어머님이 다해를 데리고 바닷가로 향하는 것을 본 적 있다고 하더군요.

그쪽도 포구에 사니까 잘 알겠지만, 밀물 때와 썰물 때는 바다 깊이 자체가 다릅니다. 거기다가 뻘밭 중간중간에 어른 무릎까지 차오르는 웅덩이도 많아서 자칫 잘못하다가는 오도 가도 못한 채 발이 묶일 수도 있어요. 그래서 매년마다 요 근처에서 사고가 끊임없이 이어지죠. 포구 사람들은 그것을 아주 잘 알고 있기 때문에 물이 빠진 바다에는 함부로 발을 들이지 않아요. 이곳에서 나고 자란 사람도 잘못하다가는 빠져 죽기 십상이니까요.

바닷가에서 한평생을 사신 어머님이 그걸 모르실 리가 없었을 겁니다. 그럼에도 불구하고 다해를 이끌고 바다로 향하신 건 아마 처음부터 집으로 돌아올 생각은 없으셨다는 뜻이겠죠. 늙은 시어미와 애물단지 딸내미가 사라지면 젊은 며느리는 자유로워질 테니 말입니다.

어쩌면 오랫동안 기회만 노리고 계셨던 것일지도 몰라요. 아니면 청첩장을 보고 충동적으로 저지르신 짓일지도 모르고요. 어찌 됐든 어머님의 계획은 성공하긴 했어요. 딱 절반만큼요.

어머님 시체는 결국 발견되지 않았거든요. 구조대가 몇 날 몇 밤을 새워서 근처 바다는 다 뒤졌는데도 옷가지 조각 하나 못 건졌어요. 어찌 보면 지아비 따라, 아들 따라간 셈이지요. 둘 다 배 타고 가서 흔적 하나 없이 까무룩 바다에 집어삼켜졌으니까요.

다해는 운이 좋았어요. 파도에 떠밀려 근처 해안에 쓰러져 있는 것을 누군가 발견하고 신고했거든요. 어린아이라 몸이 가벼워 가라앉지 않고 그대로 떠올라 파도에 휩쓸려 거기까지 간 것 같다고 구조대가 말하더군요. 하늘이 도우신 게지요. 의식도 얼마 되지 않아 찾았어요. 모래톱에 살짝 긁힌 것 외에는 이렇다 할 상처도 없었고요.

그런데 무슨 이유 때문인지 깨어난 뒤부터 자꾸 이상한 말을 하는 겁니다."

*

　"자기는 바닷가 근처에 있었다고 했습니다. 정확히 말하자면 일렁이는 바닷물 속으로 첨벙거리며 들어갔다고 하더군요. 돌아오고 싶었지만, 자신을 바다까지 데리고 간 사람이 손을 꽉 잡고 놓아주지를 않아 어쩔 수가 없었다는 겁니다. 그래서 바닷물이 목까지 차오르는 지점까지 속절없이 끌려가기만 했대요. 얼마 안 가 파도가 몰려왔고, 그대로 물살에 휩쓸려 죽는 줄 알았답니다. 숨이 턱턱 막히고 바닷물은 또 어찌나 차던지 꼭 얼음 천 개는 삼킨 것 같았다는 말까지 했습니다."

*

　"혼자 숲속에서 헤매느라 무서워서 죽는 줄 알았다더군요. 해도 떨어지고 주위는 깜깜해져 오는데, 자신을 데리러 온다는 사람이 나타나지 않아 그저 오들오들 떨고만 있었데요. 사방 천지를 뒤져 보아도 빽빽하게 우거진 나무밖에 보이지 않아서 집에 돌아가고 싶어도 어떻게 가야 할지 감도 잡히지 않았답디다. 당장에라도 귀신이라도 나타날 것 같아 무서워 죽는 줄 알았다고 울기까지 했어요."

*

"참 이상한 말이 아닐 수 없습니다. 바다라뇨? 여태껏 쓰러져 있던 곳은 분명 숲인데, 자기는 바닷가 근처에 있었다니요? 거기다가 자신을 데리고 바다까지 간 사람은 도대체 누구란 겁니까? 숲에서 가장 가까운 바닷가라고 해 봤자 차를 타고 몇 시간이나 가야 겨우 도착하는 거리에 있습니다. 그런데 깨어난 이후부터 줄곧 바다 이야기만 계속하더군요. 마치 쓰러져 있는 사이에 전혀 딴 세상이라도 다녀온 것처럼 말입니다."

*

"전 처음에 그 말을 이해할 수가 없었어요. 물에 빠져 죽을 뻔했던 애가 갑자기 숲 이야기를 꺼냈으니까요. 이 근처 땅은 소금기가 많아서 나무가 잘 자라지 않아요. 해안가에 심어진 소나무 몇 그루가 고작이지요. 숲이라고 부를 수 있는 곳은 눈을 씻고 찾아봐도 어디에도 없다 이겁니다. 그런데 어디서 뭘 봤길래 그런 이야기를 한 걸까요? 그리고 자신을 데리러 온다고 했던 사람은 대체 또 누구란 겁니까. 아무리 생각해도 답이 나오지 않더군요. 꼭 잠깐 정신을 잃은 사이에 어디 딴 세상에 다녀오기라도 한 것 같았어요."

*

 "기면증이 찾아온 것은 그 직후였습니다. 처음에는 영문
모르고 쓰러지는 정도였어요. 보통 몸이 약한 아이들은 종
종 그러는 경우가 있지 않습니까. 가족들도 그 당시에는 대
수롭지 않게 생각했습니다. 한번 무서운 일을 당하고 나니
애가 진이 빠져서 그런 거라며 비싼 보약이나 지어 먹였죠.
 하지만 시간이 가면 갈수록 증세는 심해졌습니다. 갑자기
자리에서 벌떡 일어나 잠결에 어디론가 멋대로 저벅저벅 걸
어가 버리기까지 했으니까요. 깨어 있는 상태로 보이는 일
종의 몽유병이었던 거죠. 그냥 길거리에서 쓰러져 잠드는
것은 양반에 속할 정도였어요. 기면증 때문에 갑자기 도로
로 몸을 내던지는 바람에 사고도 난 적도 많고, 어딘지 모르
는 곳으로 숨어 들어가 잠드는 바람에 경찰까지 나선 적이
있어요.
 하지만 가장 큰 문제는 바로 학교였습니다. 선생님도 아
실 겁니다. 그 또래 아이들이 얼마나 잔인한지요. 그런 아
이들에게 기영이의 기면증은 재밌는 놀림거리, 그 이상도
그 이하도 아니었습니다.

어떤 아이들은 대놓고 기영이보고 어서 잠들라며 책까지 집어 던졌다더군요. 안 그래도 소심하고 말이 없는 아이입니다. 자신을 놀리고 괴롭히는 아이들에게 싫은 소리 한 번 못했죠. 선생님들도 기영이의 증상을 귀찮아할 뿐이었어요.

따돌림은 학년이 올라가고 학교가 바뀌어도 그치지 않았습니다. 언젠가는 너무 심해서 전학까지 간 적이 있어요. 하지만 어딜 가도 기면증에 걸려 아무렇게나 쓰러져 잠드는 기영이는 주목의 대상이었습니다. 기영이는 그것을 견디지 못하고 급기야 대인기피증에까지 시달리더군요. 잠들듯 쓰러져 깨어나면 또 누군가가 나타나 자신을 괴롭힐 것 같다며 방문을 걸어 잠그고 집 밖에 나오지도 않았어요.

그것을 보다 못한 숙부와 숙모는 기영이를 정신병원에까지 입원시켰습니다. 물론 당연히 학교도 제대로 마치지 못했죠. 사춘기 때부터 정신병원의 퇴원과 입원을 반복했으니까요. 그래서 기영이는 입원하는 것을 죽기보다 싫어합니다. 당연하겠죠. 입원만 하면 힘들었던 옛날 기억이 떠오를 테니까요.

다행히 시간이 지나면서 어느 정도 완화는 됐습니다. 마침 제가 막 카페를 오픈했을 시점이라 자진해서 기영이를 맡았습니다. 바리스타 자격증도 따게 했죠. 어찌 됐든 이제 어른이니 제 밥값 하면서 살길은 찾아 주고 싶었습니다. 무엇보다 카페는 사람들이 많이 오가는 곳이니 있다 보면 대인기피증도 나아질 것 같기도 했거든요.

몇 달간은 아무 일 없이 무심히 흘러갔습니다. 새로 나온 약이 효과가 제법 있는지 발작하는 횟수도 점차 줄어들더군요. 잠이 들어도 금방 깨기도 하고요. 저는 이대로라면 분명 기영이도 좋아질 것으로 생각했죠. 그런데 근래 들어서 잠이 들고 깨어나면 꼭 꿈 이야기를 하기 시작했습니다. 그것도 언제나 똑같은 내용의 꿈이었죠."

*

"그때부터였을 거예요, 우리 다해가 그 몹쓸 병에 시달리기 시작한 건. 처음에는 그냥 자신도 모르게 조용히 잠들어서 깜짝깜짝 깨어나는 정도였죠. 저도 처음에는 그게 큰 문제일 거라고 생각하지 않았어요. 그냥 남들보다 잠이 많구나 싶었죠. 가게 일에 열중하다가 뭐 하나 싶어 방문을 열어 보면 그냥 인형처럼 조용히 잠만 자고 있더군요.

마음 한구석으로는 갑자기 늘어난 잠이 참 고마웠습니다. 변명처럼 들린다는 건 잘 압니다. 하지만 어머님이 실종되신 후로 갑자기 혼자가 된 다해를 돌봐 줄 사람은 아무도 없

었어요. 저는 가게 일 때문에 바빠서 같이 있어 주지 못했거
든요.

형편이 형편인지라 유치원 같은 곳은 꿈도 못 꿨습니다.
그렇다고 근처에 딱히 어울려 놀 수 있는 또래 친구가 있었
던 것도 아니었고요. 저는 혼자 골방에 갇혀 심심하게 시간
만 죽일 바에야 저렇게 낮잠이라도 자고 있는 게 나을지 모
른다고 가볍게 생각했습니다. 무엇보다 자는 동안에는 바쁜
제게 와서 칭얼거리지는 않았으니까요.

지금 돌이켜 보면 저도 참 미련했죠. 먹고사는 게 뭐라고
하나밖에 없는 딸내미한테 그렇게 남처럼 굴었을까요. 학교
에 들어갈 무렵에서야 저는 다해의 잠이 그냥 넘길 수 있는
게 아니라는 걸 뒤늦게 깨달았습니다. 그 어떤 아이도 수업
중에 기절하듯 책에 얼굴을 박고 잠들지는 않았으니까요.
당시 다해를 맡았던 담임 선생님이 저를 부르시더니 조심스
럽게 큰 병원에 가서 진단을 받아 보는 게 어떻겠냐는 말씀
까지 따로 하셨을 정도였어요.

그때서야 저는 뒤늦게 다해의 잠이 그냥 가볍게 넘길 수
있는 게 아니라는 것을 깨달았습니다. 그래서 부랴부랴 병
원을 찾아갔지요. 기면증이라고 하더군요. 우리 다해가 그
냥 잠이 많은 게 아니라, 병에 걸려서 그런 거라고 했어요.

저는 이 말을 들었을 때의 충격을 아직도 잊지 못합니다.

진짜 하늘이 무너지면 이런 기분이 아닐까 싶었어요. 아니, 다해가 원인도 모르고 고칠 방법도 없는 병에 걸리다니요. 우리 착한 딸이 무슨 죄가 있어서 그런 병에 걸린답니까. 진찰했던 의사는 아마 물에 빠져 죽을 뻔했을 때 뇌에 손상이 와서 그런 걸지도 모른다더군요.

저는 그날 술 먹고 바다에 가서 난생처음으로 시어머니를 향해 악다구니란 악다구니는 몽땅 쏟아부었습니다. 남편이랑 아들 따라서 죽을 거면 혼자 코 박고 조용히 죽지 우리 다해를 왜 끌고 가서 이 몹쓸 병을 남겨 줬느냐고요. 만약 눈앞에 버젓이 살아 있었다면 시어머니고 뭐고 일단 뺨부터 한 대 갈기고 봤을 겁니다.

제가 누가 흉볼까 무서워 우리 다해를 집 안에 꽁꽁 가둬 키웠다고요? 네, 확실히 모르는 사람이 봤다면 그렇게 생각할 수 있을 겁니다. 하지만 그쪽은 자기 입으로 다해랑 친하다고 했으니, 내가 억울해서라도 이 말은 하고 싶네요.

다해가 기면증에 걸렸다고 진단을 받은 이후로 저는 단 한 번도 우리 딸을 부끄러워한 적이 없습니다. 처음에는 그 몹쓸 병을 어떻게든 고쳐 보자고 별의별 병원을 죄다 찾아다녔어요. 싫다는 애를 병원에 억지로 입원시키고 온갖 약이란 약은 죄다 끌어모아 먹였습니다. 그런데 차도가 없었죠. 오히려 잠드는 시간만 늘어날 뿐이었어요.

그쪽도 고무줄을 잡아당겨 본 적 있을 겁니다. 길게 잡아당기면 당길수록 다시 원래대로 돌아올 때 더 강하게 오므라지죠. 다해가 딱 그 꼴이었어요. 쫓아내려고 하면 할수록 잠은 득달같이 다해에게 달려들었어요. 특히 바다에서 멀어지면 멀어질수록 발작이 자주 일어나더군요. 언젠가는 하루 종일 내내 잠자면서 보낸 적도 있습니다.

의사는 집과 멀어지면 애가 마음이 불안해지면서 그럴 수 있다고 했지만, 제게는 전혀 다르게 보였습니다. 꼭 다해가 어디 멀리 가지 못하게 저 시커먼 바다가 붙잡고 늘어지는 것 같았어요. 거기까지 생각하자 그냥 눈앞이 깜깜해지더군요. 시아버지에다가 시어머니, 거기다 다해 아빠도 끌고 간 것도 모자라 이번에는 다해까지 데려가려는구나, 싶어서요.

제가 다해를 집에 붙잡아 둔 것은 바로 그 때문이에요. 이유는 모르지만 포구에 있으면 기면증 때문에 잠드는 시간이 그나마 줄어들어요. 저도 우리 다해 남부럽지 않게 좋은 학교도 보내고 어디 놀러 가라고 돈도 주고 싶은 마음이 굴뚝같습니다. 그런데 만약 우리 다해가 바다에서 멀어졌다가 잠들어서 영영 못 깨어나면 어떻게 합니까.

전 못삽니다. 이기적이라고 생각해도 좋아요. 저는 우리 딸 다해 없으면 못살아요. 차라리 그 몹쓸 병 내가 다 앓을 테니 우리 다해만 멀쩡하고 건강하게 살았으면 좋겠어요. 하지만 그러지를 못하니까 내가 이러는 거예요. 바다에서 멀어지지만 않으면 그냥 깜빡 잠들었다가 깨면 되니까, 제가 몹쓸 어미라고 욕먹으면서 우리 다해 어디 못 나가게 지켜 서 있는 겁니다.

이번에 다해가 잠결에 바다에 들어갔을 때, 그대로 주저 앉았습니다. 남이 보면 증세가 심해져서 그런 거로 생각할 수 있겠지요. 하지만 제게는 저 바다가 드디어 우리 다해까지 내게서 잡아채 가려고 하는 것으로밖에 보이지 않았어요.

솔직히 벼랑 끝에 내몰린 기분이에요. 어릴 때 이후로 사실 병원에 가 본 적이 별로 없거든요. 그런데 거기까지 가서도 방법이 없다면 어떻게 해야 할지 사실 모르겠어요.

하지만 어쩌겠어요, 여태껏 잠잠하던 것이 턱 끝까지 쫓아왔으니 미친 척하고 한번 도망쳐 볼 수밖에. 안 그래도 요즘 들어 이상한 낌새가 보이긴 보였어요. 다해가 계속 꿈 이야기를 했거든요. 그것도 매일매일 똑같은 꿈을 꾼다면서요."

*

"꿈속에서 자기는 항상 아무도 없는 텅 빈 해변에 앉아 있다고 했습니다. 바로 앞에는 망망대해가 펼쳐져 있고요. 하지만 안개가 너무 두껍게 깔려 있어서 제대로 보이지는 않는답니다. 그러면 그게 바다인지 강인지 어떻게 아느냐고 물으니까 그냥 안다, 라고 말하더군요. 어쨌든 꿈속에서 자기는 그 바다를 보면서 언제나 기타를 친답니다. 그러다가 흥이 돋으면 노래까지 직접 부르고요.

과연 무슨 노래인지 기억은 나지 않지만, 꿈속의 자신은 정말 예쁘고 고운 목소리를 가지고 있어서 그냥 혼자 노래를 부르는 것만으로도 즐겁답니다. 흥얼거리는 그 노랫소리가 어찌나 좋은지 꼭 이 세계의 것이 아닌 것 같았대요. 그렇게 혼자 앉아 한없이 기타를 치고 노래 부르는 꿈만 계속 반복해서 꾼다고 하더군요. 아, 그리고 꿈속에서 자신은 머리를 치렁치렁 길게 기른 여자였다고 했습니다."

*

"꿈속에서 자신은 언제나 손님 하나 없는 카페를 우두커니 지키고만 있다고 했어요. 카페 밖에는 그냥 숲밖에 보이지 않는대요. 하지만 그마저도 언제나 안개가 깊게 껴서 어디가 나무고 어디가 풀인지 분간은 잘 가지 않는답니다. 그래서 제가 그러면 그게 숲인지 산인지 어떻게 아느냐고 핀잔을 주니까 그냥 안다, 라고 했습니다. 어쨌든 자신은 창가 밖의 안개 낀 숲을 보면서 멍하니 서 있기만 한대요. 가끔가다가 혼자 커피를 내려 마시기도 하고요.

카페 안은 언제나 고소하면서도 씁쓸한 커피 향기로 가득하대요. 그 향이 어찌나 좋은지 꼭 이 세계의 것이 아닌 것 같다더군요. 하지만 꿈속에 있는 카페에서 손님은 단 한 번도 찾아온 적 없답니다. 그냥 말 그대로 자리만 지키고 서 있는 꿈만 몇 날 며칠이고 반복된다고 하더군요. 아, 그리고 꿈속에서 자신은 항상 옷을 단정하게 차려입은 남자라고 했어요."

*

"물론 꿈은 꿈일 뿐이라는 것은 저도 잘 압니다. 뭐가 나와도 이상할 게 없는 게 꿈이라는데, 바다 보고 노래 부르는 꿈이 뭐 그리 대단하겠습니까. 하지만 그 꿈 이야기를 할 때마다 기영이는 꼭 어디 먼 곳에 훌쩍 다녀온 것 같은 멍한 표정을 짓더군요.

그리고 얼마 안 가 사고가 터졌지요. 네, 선생님이 아시는 그 사고가 맞습니다. 제 눈앞에서 사라진 뒤, 숲에서 발견

된 일이요. 다행히도 발견되어 큰일로 번지지는 않았지만, 그 뒤로 또 다른 이야기를 하기 시작했습니다. 이제는 아예 깨어 있는 순간에도 꿈을 꾸기 시작했답니다.

전 그 말을 듣고 철렁했습니다. 이제는 깨어 있는 순간마저 그 망할 꿈에 잠식되어 가는 건 아닌가 싶어서요. 선생님, 전 무섭습니다. 혹시나 없어진 잠깐 사이에 기영이에게 무슨 일이 있지 않을까 싶어서 너무 무섭다고요.

기영이가 그렇게 된 것은 따지고 보면 저 때문이에요. 제가 그 날 숲에 데리고 가지만 않았어도 그렇게 되지는 않았을 겁니다. 그러면 이 고생을 하면서 살지도 않았을 테지요. 될 수만 있다면 평생 속죄하는 생각으로 곁에 있어 주고 싶습니다. 하지만 기영이가 시시때때로 빨려 들어가는 그 꿈에 저는 따라가 주지 못해요. 고작 해 봐야 이런 병원에 집어넣어 주는 것밖에 해 줄 수 있는 게 없습니다. 그래서 저는 더더욱 미안하고, 그런 기영이가 안쓰럽습니다."

*

"저는 우리 다해가 왜 그런 꿈을 꾸는지 모릅니다. 누구 말대로 마음이 편치 못해서 그런 걸 수도 있겠지요. 어렸을 때부터 워낙 외롭게 큰 아이이니까요. 의지할 아비 없이 이 모난 어미랑 단둘이 사는 데 얼마나 힘들었겠어요. 더 해괴한 꿈을 꾼다고 해도 이상할 게 없겠지요.

　그러다가 그 사달이 난 겁니다. 네, 맞아요. 우리 다해가 잠결에 바닷가에 들어가는 바람에 그대로 물에 빠져 죽을 뻔했던 일이요. 지나가던 낚시꾼이 발견하고 신고해 줘서 다행히 큰일은 없었지만, 한번 죽다 살아난 이후로 자꾸 이상한 말을 하기 시작하는 겁니다. 이제는 깨어 있는 순간에도 꿈이 자신을 쫓아온답니다.

　병에 시달리다 못해 뭐가 꿈이고 생시인지 구분조차 못 하는 것처럼 보였어요. 저요, 지금도 손발이 벌벌 떨릴 정도로 무섭습니다. 지금까지 다해가 꾼다는 그 별스러운 꿈이 어느 순간 확 밀려와 그대로 우리 딸을 어디 먼 곳으로 채갈 것 같아요. 그 상상만 하면 그냥 왈칵 눈물부터 나옵니다.

　지금도 저는 다해만 보면 속이 미어져요. 내가 그때 혼자 두지 않았으면, 하다못해 결혼식에만 안 갔어도 저리 되지는 않았을 테니까요. 다해가 저렇게 고생하는 건 다 내 잘못이에요. 혹시나 만약에라도 다해에게, 우리 딸에게 무슨 일이라도 생긴다면 저는 과연 어떻게 살아야 할까요. 다시 한번 말하지만 저는 우리 딸 없으면 못살아요. 만약 그런다면 저도 차라리 뒤따라서 저 시커먼 물속으로 뛰어들어 버릴 겁니다.”

큰길에서 굽어 들어오자마자 친숙한 풍경이 그를 맞이했다. 좁은 골목과 어긋나게 맞춰진 회색 담벼락, 그리고 그 안에 흐르고 있는 짙은 안개까지 여전하다. 잔잔한 반가움이 몰려왔다. 그는 몇 번인가 긴장 어린 숨을 내쉬고는 서둘러 몸을 길 위로 밀어 넣었다.

한참을 걷다 정신을 차려 보니, 어느새 카페 라드모네 앞에 도착해 있었다. 기영은 숨을 고른 뒤 카페 라드모네의 문을 열었다. 여러 날 장사를 쉰 카페 안에는 적막만 내리 깔려 있었다. 그는 이마의 땀을 닦은 뒤, 서랍을 열었다. 그가 떠나기 전 배합해 놨던 원두가 그대로 놓여 있었다.

봉지를 열자 볶은 원두 특유의 찌르르한 냄새가 코를 지나 머릿속을 찔렀다. 그는 주전자를 불에 올린 뒤, 원두를 한 할 한 알 소중히 그라인더에 넣었다. 그리고 천천히, 하지만 섬세하게 원두를 분쇄하기 시작했다.

까드득, 까드득. 서로 맞부딪치며 으깨지고 뒤엉켜 가는 원두의 소리가 들려온다. 매일같이 원두를 직접 갈아 왔던지라 이제는 소리만 들어도 원두 입자의 크기를 가늠할 수 있다. 유난히 원두가 잘 갈리는 걸 봐서는 오늘 유독 맛있는 커피가 내려질 것 같단 느낌이 들었다.

마침 주전자에서 김이 올라왔다. 물이 끓었다는 신호였다. 기영은 곱게 갈린 원두를 거름종이에 올려놓은 뒤, 물이 살짝 식기를 기다렸다. 너무 뜨거운 물을 그대로 부으면 쓴맛이 강해진다. 쓴맛은 깔끔하게 혀를 닦아 내지만, 너무 진하면 혀를 둔하게 만들어 향을 온전히 느끼지 못하게 만든다. 커피는 달면서도 부드럽게 입천장을 훑어야 한다. 그래서 그는 커피를 내릴 때 살짝 식은 물을 선호했다. 오랜 기간 경험을 거치면서 터득한 그만의 방법이었다.

잠깐의 기다림 후에 그는 주전자를 들어 올렸다. 그리고 천천히 거름종이 위로 물을 내리기 시작했다. 투명한 일자형 물줄기에서 김이 솟아 나왔다. 물은 그대로 아래로 고여 원두 사이에 오목한 홈을 만들었다.

이어서 여과기 아래로 빗소리가 들려온다. 원두 가루 사이사이를 지난 물이 커피가 되어 내리는 순간이다. 동시에 산뜻한 달콤함과 깊은 고소함이 뒤엉킨 커피 냄새가 카페에 조금씩 차오른다.

기영은 내린 커피를 두 잔에 나눠 담았다. 그리고 그는 양손에 커피를 쥔 채 카페 문을 나섰다. 커피의 더운 김이 차가운 숲속에 희고 긴 궤적을 그렸다. 우중충한 날씨 때문인지 숲으로 향하는 길은 한가했다. 어쩌면 오늘 숲을 방문하는 사람은 자신 혼자뿐일지도 몰랐다.

숲에 이르기도 전에 벌써 안개가 무리 지어 성큼 다가왔
다. 하지만 오늘 만나는 안개는 어쩐지 조금 다르게 느껴진
다. 지금까지 매일 마주해 왔지만, 오늘은 마치 이 뿌옇게
부서지는 이 안개가 그를 조용히 반기는 것 같다. 그는 나지
막이 탄성을 흘리면서 구부러지고 휘어진 나무들 사이로 시
야를 내던졌다. 그 안에 담겨 있는 넘실거리는 고요가 차분
히 귀를 덮었다.

나눠 담은 커피의 온기를 느낀 것인지 숲속에서 날고기들
이 뻐끔거리며 다가왔다. 각자 가진 비늘의 색도, 지느러미
의 크기도 다르지만 날고기들은 하나의 행렬을 엮어 기영을
뒤따랐다. 기영은 앞을 향해 걷고, 또 걸었다. 두려움이나
망설임은 없었다. 오직 저편에서 자신이 가져가기로 약속했
던 커피를 기다리는 누군가가 나타나기를 기다리면서, 그는
숲이 가진 막연함 그 너머로 깊숙이 가라앉혔다.

*

"사실 저는 간혹 가다가 이런 생각을 하곤 합니다. 어쩌면
그 아이가 꾸는 꿈은 그냥 흘려 넘길 꿈이 아닐지도 모른다
고요. 물론 이게 얼마나 어처구니없는 말인지 저도 잘 압니
다. 하지만 잠에서 깨어난 뒤에 내뱉는 그 말을 가만히 듣다

보면 뭔가 거대하고 알 수 없는 존재에 대해 건네 들은 것 같은 기분이 들어요.

그러니까 그 아이가 쓰러져서 꾸는 꿈은 우리가 사는 세상과는 전혀 다른, 또 다른 세계라는 겁니다. 그리고 그 세계와 맞닿을 때마다 그 아이는 무거운 몸뚱이를 내던져 두고 정신만 훌쩍 넘어가 버리는 바람에 남들에게는 깜빡깜빡 잠이 드는 것처럼 보이는 거죠. 물론 그 알 수 없는 세계는 지금도 점차 아이와 가까워지고 있고요.

그렇다면 요즘 들어 증세가 심해진 것은 그저 기면증이 악화되었기 때문이 아닐 수도 있어요. 그 세계로 넘어가는 시간이 길어지는 바람에 어쩔 수 없이 그렇게 된 거겠죠. 그래서 깨어난 뒤에도 뭐가 꿈이고 현실인지 구분을 못 하는 거고요. 앞전에 있던 사고도 그래요. 지금까지는 깜빡깜빡 정신만 잡아채 갔지만, 그때는 무슨 연유인지 아예 몸째로 끌고 가려다가 결국 못하고 그냥 그대로 두고 가 버린 겁니다.

이런 생각을 하는 것 역시 옆에서 그 아이의 병증을 오래 지켜보느라 저도 모르게 과대망상에 사로잡힌 탓이겠죠. 하지만 그래도 여기까지 상상을 뻗고 나면 막연히 슬픔이 몰려옵니다. 오히려 무서움은 조금 옅어져요.

이쯤 되면 저로서는 어찌할 도리가 없으니 말입니다. 엄청난 자연재해에 일순간에 가족을 잃은 사람이 이런 기분일까요. 제게 누구보다 소중한 아이가 일순간에 거대한 세계에 끌려가 버린다면 제가 무슨 저항을 어떻게 하겠습니까. 무기력하게 두 손을 놓고 그 아이가 끌려가는 것을 지켜볼 수밖에요. 그러다가 그 아이가 어디론가 신기루처럼 사라져 버린다면…… 글쎄요, 제게 뭐가 남을까요."

*

– 늘 만났던 곳에서 다시 만나요.

다해는 바다를 보면서 기영이 남긴 말을 곱씹었다.

발을 내딛자마자 뽀얗게 쌓인 모래가 발을 집어삼킨다. 파도가 쌓아 만든 둔덕의 곡선들이 부드럽게 밟혔다. 얼마나 많은 물살이 이 위를 겹겹이 뒤덮었는지 그녀로서는 알 도리가 없다. 자신이 할 수 있는 것이라고는 모래 위로 흔들리며 퍼져 있는 바닷물의 파문을 따라 걷는 것뿐. 마침 썰물 때다. 물이 뒤로 물러서면 그 안에 감춰진 검은 땅이 모습을 내비친다.

반은 바다, 반은 땅.

어느 한 곳에 멈춰 있지 않고 어느 한 곳에 속하지도 않은 곳이다. 그녀는 가만히 그 위로 시선을 던졌다.

여기까지 어떻게 왔는지 사실 이렇다 할 기억이 없다. 그냥 기영과 헤어진 후 무작정 걷다가 고개를 들어 보니 바다가 눈앞에 있었다. 저 멀리 수평선부터 자욱하게 번져 오는 안개가 흐릿해지는 머릿속을 껴안았다.

확신은 없지만, 이대로 가면 기영과 만날 장소에 도착할 것 같다는 기분이 들었다. 그런 그녀 곁을 찰박이는 물소리가 쉼 없이 주위를 오갔다.

깃털과 깃털이 맞부딪치는 소리가 귓가를 스쳤다. 파란 깃털을 가진 새들이 모여 들어 그녀의 옆에서 날개를 펄럭이며 헤엄을 치고 있었다. 새들이 날개를 움직일 때마다 물방울이 올라왔다. 그녀는 고개를 들었다. 그러자 깊이를 알 수 없는 까마득한 물과 그 사이에서 빙빙 원을 그리고 있는 새들이 시야를 채웠다.

어디서부터인지는 모르지만 벌써 꿈의 가파른 경계선을 넘어온 모양이다. 꿈속에 들어오면 인지하는 모든 것의 구분이 사라진다. 정확히 말하자면 구분한다는 것 자체가 무의미해진다. 당장 저 앞에 있는 풍경도 그렇다. 꼭 세계를 뿌연 유리병 안에 밀어 넣고 몇 번이나 뒤흔들어 섞어 놓은 것처럼 보인다.

그 와중에 진한 커피 냄새가 저 너머에서 실려 왔다. 잊은 적 없는, 잊지 못할 냄새. 마치 과일과 초콜릿을 하나로 섞어 불 속에서 거칠게 익혀 낸 것 같다. 다해는 냄새에 의지

해 저편으로, 꿈과 맞닿아 있는 저 너머로 향하는 것에만 집중했다. 지금 그녀를 감싼 꿈 그 자체가 무언가 강한 확신에 가득 차 어서 저기로 가 보라고 등을 떠미는 것 같다.

다해는 무의식적인 끌림을 따라 수평선 저편으로 의식을 던져 넣었다. 안개 사이에서 번져 온 희미한 빛이 머리부터 내려와 온몸을 적셨다. 그녀는 이 모든 것의 한가운데에 서서 기영이 직접 내려온다던 커피 한 잔의 맛을 가만히 입가에 그렸다.

*

"그리고 때때로 좀 더 무서운 생각이 듭니다. 지금 제가 있는 이 세계가 모조리 그 아이의 꿈에서 빚어진 것일지도 모른다고요. 지금 제가 하는 말을 미친 사람의 헛소리라고 비웃어도 좋습니다. 원래 사람이라는 게 가끔가다가 말도 안 되는 상상을 하곤 하잖아요. 지금 제가 하는 말이 딱 그쯤 된다고 생각하시면 좋겠네요.

그러니까, 이 세계가 모조리 그 아이가 꾸는 꿈 그 자체라 이겁니다. 우리가 가지고 있는 기억, 주위의 풍경, 심지어 저라는 존재까지 그 아이가 꿈을 꾸면서 만들어 낸 거죠. 그 아이가 꾸는 꿈이 사실은 '진짜' 현실이고요.

그런데 그 아이가 진짜 현실 속에서 눈을 뜰 때마다 이곳에서는 마치 잠에 빠진 것처럼 보이는 겁니다. 그러다가 잠이 들면 이쪽으로 넘어와 이 세계를 꿈꾸고, 때가 되면 깨어나 저편으로 넘어가는 거지요. 지금까지는 어딘가에 얽매이지 않고 양쪽을 오고 갔기에 큰 문제는 없었던 거겠죠.

하지만 이제는 저편에서 그 아이를 완전히 붙들어 매 놓으려고 해서 갑자기 증세가 심해졌던 겁니다. 제가 이렇게 지나칠 정도로 불안해하는 것도 어쩌면 그 때문일지도 몰라요. 만약 이런 제 생각이 맞는다면, 그 아이가 저편으로 넘어가 잠에서 완전히 깨버리는 순간 우리가 살고 있는 이 세계는 그대로 사라져 버릴 테니까요.

이렇게 말도 안 되는 말을 해서 죄송합니다. 하지만 정말 만에 하나 이런 제 생각이 맞아떨어진다면 결국 남겨지는 쪽은 어디일까요? 꿈일지도 모르는 현실일까요, 아니면 현실일지도 모르는 꿈일까요?"

*

발을 내디딘다.

으깨지며 부스러지는 낙엽의 감촉이 발아래 밟힌다. 조금은 여정이 길어진 것 같다. 길 위를 뒤덮은 잔풀과 조약돌

때문인지 걷는 게 힘들다. 살짝 피로감이 돈다. 제법 걸어
왔다고 생각했는데 지금 자신은 과연 어디까지 왔을까. 여
기까지 생각하고는 다시 어깨만 으쓱인다.

숨을 들이쉰다. 뽀글거리는 거품 소리가 올라온다. 손을
뻗자 유유히 흐르는 급류가 살갗을 훑는다. 차갑다. 선명하
다. 지금 자신의 머리 위를 휘어잡은 나뭇가지 위로 거대한
물살이 스쳐 지나갔다. 지금 자신이 밑바닥에 있음에도 진
동이 절절 울린다. 아마 저 위로 제법 거대한 파도가 일었을
게 틀림없다.

그 순간, 누군가 저편에서 오고 있는 게 보인다. 누구일
까. 길 위를 뒤덮은 이끼와 짠 내로 가득 찬 바닷물이 술렁
인다. 불안해하고 있다. 직접적으로 입을 열어 말한 것은
아니지만, 지금 이곳에 있는 모든 것이 자잘한 혼란에 휩싸
인 채 떨고 있다. 그게 무엇을 의미하는지는 모른다.

다만 지금 이곳으로 향하고 있는 누군가의 존재감만은 확
실하고 분명하게 전해진다. 일대의 공간이 무언가에 강하
게 짓눌리고 있다. 아이를 내보내기 위해 산도를 여는 산모
처럼, 세계가 몸을 비틀어 자신의 등을 떠민다. 어리둥절해
하면서도 충실하게 몸을 움직인다. 무언의 요동침이 전신을
붙들어 잡아끈다.

바다가 가라앉는다. 숲이 떠오른다. 파도가 굳어 멈추고

나무가 흘러넘친다. 물거품이 푸들거리며 굴러다니고 이끼 낀 조약돌이 두둥실 떠오른다. 그리고 그 사이를 안개가 우악스럽게 가로지른다. 그 사이에서 뒤엉키고 뒤엉킨 사물들은 희미하게 부서지기 시작한다. 방향도, 감각도 다시 흐릿해진다.

다시 발을 움직인다. 이제 얼마 남지 않았다. 모든 것이 뒤엉켜 섞여 가는 이곳. 하지만 분명히 느껴지는 존재감은 남아 있던 감각을 붙든다. 숨이 차오른다. 저물어 가는 의식이 출렁이며 파도친다.

잠시 멈춰 섰다. 일직선으로 뻗은 시선이 가만히 얽혀 들어갔다. 이제 바로 코앞, 한 걸음 내디디면 맞닿을 곳에 있었다. 구분 없는 그리움이 앞섰다.

"아, 안녕하세요?"

"안녕하세요."

둘은 서로에게 누가 먼저랄 것 없이 인사를 건넸다. 다해는 기영을 보고 우물쭈물 말을 건넸다.

"정말 커피 한 잔 마시려고 온 거예요."

그 말을 들은 기영은 히죽 웃으며 들고 있던 커피를 다해에게 내밀었다.

"알았으니까 마셔요. 약속했던 커피예요."

"고마워요."

다해는 떨떠름한 얼굴로 기영의 커피를 받아 들었다. 그러자 따스한 온기가 그녀의 손을 타고 흘렀다. 안 그래도 쌀쌀한 길을 걸어와서 춥던 참이었다. 그녀는 잠시 머뭇거리다가, 한 모금 깊게 들이마셨다. 저절로 입가에 미소가 떠올랐다.

"음, 맛있네요."

기영은 마저 들고 온 커피를 함께 마시면서 흐뭇하게 웃었다.

"오늘따라 더 맛있게 내려진 것 같아요."

그는 조용히 거무튀튀한 그 표면 위로 얼굴을 비췄다. 흐릿하게 흔들리는 커피 표면 위로 자신의 얼굴이 흐릿하게 떠올랐다.

"신기하죠? 전 잠에서 깨기 위해서 커피를 마시곤 했는데, 어느 순간 꿈에서도 커피를 찾고 있었어요."

다해도 그 말에 공감했다.

"저도 마찬가지예요. 잠에 들지 않으려고 노래를 불렀었는데, 가만 보니 꿈에서도 노래를 부르고 있지 뭐예요?"

여기까지 말하고서 둘은 어색하게 서로를 바라봤다. 쿵쿵거리며 울리는 심장을 따라 카페인이 온몸 구석구석 돌면서 잠기운이 씻겨 나간다. 그리고 꿈에 한 겹 가려져 있던 주위의 모습이 선명하게 다가온다.

"확실히 당신은 꿈도, 망상도 아니었네요."

다해는 기영을 바라보며 말했다. 아까 내뱉었던 말의 결론을 스스로 내린 모양이었다. 기영 역시 다해에게 일렀다.

"당신도요."

다해는 눈을 내리깔면서 한숨을 내쉬었다.

"사실 마음 한구석으로는 기대하고 왔어요. 차라리 이대로 당신이 영영 나타나지 않고 사라져 버린다면, 제 문제도 함께 사라지지 않을까 해서요."

"그래서 지금은 어떤데요?"

기영의 질문에 그녀는 남은 커피를 한 모금 마셨다. 그리고 고민하다가 조심스럽게 입을 열었다.

"이 커피 맛, 알고 있어요. 꿈에서 자주 내려 마셨었거든요."

애써 모른 척하고 싶어도 온몸의 감각은 기억하고 있다. 아니, 처음 만난 남자에게서 익숙함을 느꼈을 때부터 이미 무의식적으로 짐작하고 있었을지도 모른다.

그녀는 주위를 둘러보며 한숨 쉬듯이 말했다. 커피 덕인지 자꾸만 익숙한 기억이 하나둘 떠오른다.

"그럼 가 볼까요?"

기영이 조심스럽게 물었다. 다해는 고민하다가 고개를 끄덕였다. 여기까지 와서 돌아갈 수도 없었다.

"그래요."

이내 각오한 듯 다해는 자리에서 몸을 일으켰다. 둘은 서로를 말없이 바라보다가 천천히 깊이를 알 수 없는 안개 너머로 천천히 발걸음을 옮겼다.

그 순간, 땅이 한 차례 출렁거리더니 갑자기 거대한 파도가 그들에게 밀려왔다.

"으윽!"

자신을 휩쓰는 물의 감촉 속에서 기영은 가까스로 균형을 유지했다. 곁에 있던 다해가 그의 손을 재빨리 잡아당겼다.

"조심해요!"

다해는 이를 악물고 몸에 균형을 유지했다. 그리고 파도에 휩쓸린 기영의 몸을 억지로 지탱했다. 그들을 휩쓸었던 파도는 몇 차례 꿀렁이더니 허공으로 치솟았다. 이내 파도 사이에서 푸른색 나무들이 다닥다닥 솟아 나오기 시작했다. 그 모습은 꼭 바다와 숲이 뒤엉켜 빚어낸 기괴한 뱀을 연상시켰다.

"저건 대체 뭐죠?"

다해는 그걸 보고 경악해 입을 다물지 못했다.

기영은 자신 앞에 있는 것을 보면서 말을 더듬었다.

"꿈, 꿈이에요."

누가 가르쳐 준 것은 아니다. 마치 당연하게 알고 있던 것처럼 거대한 떨림이 일대를 휘감고 있다. 꿈이라 불린 기괴한 것은 천천히 그 머리 부분을 두 사람에게 내리깔았다. 그 모습을 보고 있자니, 왠지 모르게 형용하기 힘든 갈망이 느껴졌다.

"꿈이 우리를 부르고 있어요."

기영은 이 말만 짧게 중얼거렸다.

곧 그가 꿈이라 명명한 거대한 것은 힘껏 기영과 다해에게 돌진했다. 땅이 울리며 물줄기와 나뭇가지가 두 사람의 몸을 거칠게 휘감았다.

"으아아아악!"

"꺄아아아악!"

기영과 다해는 누가 먼저라고 할 것 없이 비명을 내질렀다. 하지만 예상했던 것과 달리 거친 고통은 없었다. 이내 둘은 천천히 눈꺼풀을 들어 올렸다.

그러자 평범한 자갈밭이 두 사람의 시야에 들어왔다.

"여기는……?"

다해는 자갈밭을 뚫어져라 보면서 말꼬리를 흐렸다. 무언가 기괴한 기시감이 그녀의 의식을 흔들었다. 자신은 여기가 어디인지 알고 있었다.

"여기였어요."

그리고 그 사이로 기영의 나지막한 목소리가 들려왔다.

"모든 게 엇갈리기 시작한 곳."

그는 천천히 고개를 들어 올렸다. 바다가 하늘처럼 출렁이고 있으며 그 아래로 고래와 날고기들이 자유롭게 날아다닌다. 아래로는 숲이 가라앉아 있고 그 사이를 새들이 철퍽거리며 헤엄쳐 다닌다.

어디라고 명확히 짚어 낼 수도 없는 기이하게 뒤섞여 버린 세계.

이것을 지칭할 수 있는 단어는 오직 '꿈', 이것밖에 없다.

"전 여기에 와 본 적 있어요."

다해는 자갈밭 사이를 가로질렀다. 발아래 자갈들이 바스락거리고 움직였다. 그녀는 홀린 듯 주위를 훑어봤다.

"맞아요. 여기예요."

자신에게 기다리라고 했던 사촌 형, 어두컴컴한 숲, 그 안에 고인 진득한 고요.

모든 것이 서서히 떠올라 머리를 채운다.

"저는 여기서 사촌 형을 기다렸어요. 같이 숨바꼭질을 하자고 그랬었거든요. 하지만 형이 돌아오지 않아서 무척 무서웠어요. 어디로든 어서 도망치고 싶었어요. 그러다 잠들었죠. 사실 잠든 게 아니었어요. 정신만 어디론 가 획 하고 도망쳐 버린 것이었죠. 숲이 아닌, 여기와 다른 '어딘가'로요."

다해는 머리를 움켜쥔 채 자신도 이해할 수 없는 정보를 줄줄 내뱉었다. 알고 있었지만, 왜 알고 있는지조차 모르는 기억이 쉼 없이 의식을 파고들었다.

"저도 그랬어요."

기영은 숲을 헤치고 물이 찰박거리는 바다 깊숙한 곳으로 발을 내디뎠다. 차가운 물의 감촉 속에 기억이 또렷하게 떠오른다.

"할머니가 억지로 바다로 끌고 갔어요. 물이 바로 코끝까지 차올랐죠. 몇 번인가 허우적거리다가 그대로 지쳐서 잠들어 버렸어요. 제정신은 그 와중에 바다보다 더 깊은 곳으로 가라앉다가 여기와는 '다른 곳'에 도착했어요. 그리고 그대로 쭉 이대로 살았어요. 제가 겪은 걸 어떻게 이해해야 할지 감이 안 잡혔거든요. 주위 사람들도 모두 그게 꿈이라고 했고요. 그러다가 어느 순간 제가 본래 있던 곳도 잊어버렸어요."

왜 기억하고 있지 않았던 걸까.

왜 이 중요한 걸 잊고 있었던 걸까.

아무리 고민해도 답은 나오지 않는다. 어쩌면 저쪽 세계를 꿈이라고 굳게 믿었기에 지금까지 무의식적으로 본래 모습과 기억을 억누르고 있었던 것일지도 모른다.

"여기에 있어서는 안 된다는 생각을 하곤 했어요. 어딘가, 길을 잘못 든 것 같다는 불안함이 항상 들었죠."

기영은 뒤늦게 자신의 어리석음을 인정했다. 다해는 허망한 목소리로 중얼거렸다.

"대체 무엇 때문에 이런 일이 일어난 걸까요."

그런 와중에도 일대를 감싼 안개는 짙어지고 있었다. 바닷물은 하늘 너머에서 일렁였고, 숲은 땅 아래에서 치솟기 바쁘다. 서로 어울리지 않은 두 세계가 억지로 기워지고 있다.

그리고 이 가운데에서 기영은 아주 불현듯 한 가지 사실을 깨우쳤다.

"우리예요."

이 말을 이해할 수 없던 다해가 되물었다.

"네?"

"우리 때문에 현실과 꿈이 엇갈려 뒤섞인 거예요!"

기영은 이 말과 함께 다해에게 손을 내밀었다. 그의 손은 조심스러웠지만, 어딘가 단호함이 서려 있었다. 다해는 그의 손을 뚫어져라 보다가 자신도 모르게 그에게 손을 내밀었다.

곧 둘의 손은 허공에서 마주했다.

아주 작은 접촉이 뒤따랐다.

이어서 거대한 파문이 일대를 내리그었다. 마치 전혀 다른 존재를 마주하는 것과 같은 강한 반발력이 서로를 중심으로 일어났다. 기영은 그걸 보면서 한 가지 사실을 깨달았다.

"그때, 우리 함께 꿈을 꾸면서 서로의 위치가 바뀌어 버린 거예요. 그리고 이것 때문에 꿈과 현실의 경계도 함께 섞여 버린 거죠."

어두운 자갈밭과 차가운 바다.

그 사이에 있던 둘은 현실을 거부한 끝에 꿈 너머로 도피했다.

그렇게 위치가 바뀌었지만, 둘 다 서로의 세계에 남아 그대로 멈춰 버렸다. 함께 따라온 꿈과 현실은 그대로 뒤엉켜 버렸다. 때때로 서로를 각자의 영역으로 끌어들이지만, 그것은 아주 잠시뿐. 오히려 그 여파로 경계가 더 뒤엉키기까지 했다.

이 사실이 차분히 다해의 의식을 덮었다. 지금까지 있었던 모든 일들이 하나둘 그녀의 기억을 덧칠했다. 다해는 허망한 목소리로 말했다.

"그래서 저를 기점으로 그런 일이 일어났군요."

갑자기 주위에 있던 사람들이 모조리 새로 변했던 것도 다 이 때문이었다. 기영 역시 갑각류로 변해 버린 선진의 모습을 떠올리며 말을 이었다.

"우리의 꿈, 어쩌면 현실은 그 사실을 가르쳐 주고자 계속 저희를 불렀나 봐요."

다해 역시 이제야 알겠다는 얼굴로 고개를 끄덕였다.

"꿈이 우리를 뒤쫓은 게 아니었군요."

선진은 조금 허무한 얼굴로 답했다.

"우리가 꿈을 붙들고 있었던 거예요."

이 당연한 사실을 왜 몰랐던 건지 지금 생각해 보면 웃음만 나올 뿐이다. 차라리 처음부터 겁먹고 도망치지 않고, 지금처럼 맞서서 경계에 이르렀다면 훨씬 일이 빨리 해결됐을 텐데. 다해 역시 조금은 어처구니없는 자신들의 처지를 생각하며 씁쓸한 표정을 지었다.

"엇갈려 서로의 빈자리를 차지한 탓에 우리가 현실, 어쩌면 꿈을 엇갈리게 만든 고정점이 되어 버렸네요."

둘은 한참을 바라보고 있다가 누가 먼저랄 것 없이 서로를 바라봤다. 둘의 시선은 허공 속에서 교차됐다. 비록 체구나 모습은 달랐지만, 거울 저편의 존재를 응시하고 있을 때와 비슷한 기시감이 둘을 사로잡았다.

이윽고 다해는 기영을 향해 물었다.

"왜 우리는 이 사실을 이제야 깨달았을까요?"

"꿈이어서 그렇겠죠. 꿈의 내용은 또렷하게 떠오르지 않는 경우가 많잖아요."

그러면서 그는 그녀의 뺨에 손을 뻗었다. 긴 머리카락에 푹 눌러쓴 모자, 햇볕에 거무스름하게 탄 피부에 옅게 남아 있는 주근깨까지. 이 얼굴을 익히 알고 있다. 몇 번이나 꿈속에서 보았던, 꿈속의 자기 자신의 모습이다.

"꿈에서는 어떤 존재라도 될 수 있잖아요. 저는 꿈에서 당신이 되었던 거죠."

그녀 역시 그의 뺨에 손을 뻗었다. 창백한 피부에 서글서글한 눈매, 단정하게 자른 머리카락과 날카로운 턱선. 이 모습은 익숙하다. 이건 몇 번이나 꿈속에서 보았던, 꿈속의 자기 자신의 모습이다.

"맞아요. 저 역시 꿈에서 항상 이 모습이었어요."

둘은 서로를 만났을 때의 알 수 없는 감정을 떠올렸다. 분명 처음 본다고 생각했지만, 낯설지 않았던 것은 아마 이 때문이었을 게 분명하다.

그녀는 그의 얼굴을 뚫어져라 쳐다보면서 조심스럽게 입을 열었다.

"이제 커피도 마셨겠다, 꿈에서 깨 볼까요?"

"어떻게 깰 수 있죠?"

기영의 질문에 다해는 어깨를 으쓱였다.

"나도 몰라요. 그냥 처음 엇갈렸던 것처럼, 여기서도 다시 엇갈리면 될 것 같은데요."

그러면서 다해는 저 너머를 바라봤다.

아까 그들을 집어삼킨 꿈이 쉼 없이 꿈틀거리고 있었다. 입을 열어 말을 한 것은 아니지만, 그 모습은 꼭 떼쓰고 보채는 아이를 연상시켰다.

"무엇보다 지금 꿈이 그러기를 원하고 있는 것 같아요."

다해는 이 말을 씁쓸히 중얼거렸다. 기영은 가만히 고개를 끄덕였다.

"좋아요, 그럼 해 보죠."

이윽고 기영과 다해는 서로 마주 봤다. 둘은 서로를 바라보다가, 천천히 서로를 향해 걸어갔다. 한 걸음 씩 내딛을 때마다 서로의 모습이 시야 저편에서 분명해진다.

"뭐가 어떻게 되든 카페 라드모네를 부탁해요."

기영은 농담조로 말했다. 그러자 다해도 그를 향해 일렀다.

"저도요. 특히 제 엄마…… 그러니까 꿈속의 엄마를 부탁해요."

이렇게 말하면서 다해는 쓰게 웃었다. 자신이 속한 세계가 어쩌면 기영의 꿈으로 이뤄진 곳일지 모른다는 생각이 들자 엄마가 갑자기 떠올랐다. 모든 걸 떠나 희숙을 향한 애정은 진심이었다.

"걱정 말아요. 당신의 가족은 내 가족이기도 하니까."

기영은 천천히 팔을 들어 올리며 말했다. 다해는 그 말을 듣고서야 안심이 되었는지, 서서히 팔을 들었다. 온갖 생각이 차오르지만 지금 그것은 그리 중요치 않다. 다해는 기영을 향해 작게 눈짓했다.

"그럼 시작해 볼까요?"

오직 단순한 하나의 행동으로만 모든 것이 귀결된다. 몇 번의 심호흡. 굳이 실수에 대해 걱정할 필요는 없다. 그저 가만히 앞만 바로 본다. 그리고 차분히 자기 자신을 향해 서로를 내던진다.

그리고 이어지는 교차.

그 사이에서 그는 웃었다.

그 사이에서 그녀는 웃었다.

어쩌면 둘 다 웃었을지도, 아니면 둘 다 웃지 않았을지도.

커피 향기에 딸려 나온 카페인이 잠을 깨우고, 꿈을 쫓아낸다. 그리고 이를 따라서 그의 모습은 조금씩 달라졌다. 창백하던 피부는 거무스름하게 변하고, 얼굴에 주근깨가 돋아난다. 동시에 체격이 조금씩 줄어들고 가슴이 솟아올랐다. 짧았던 머리카락도 어깨 부근까지 자라나기 시작한다.

그녀의 모습도 서서히 달라졌다. 거무스름했던 피부는 새하얗게 변하고, 얼굴의 주근깨도 사라진다. 키도 서서히 커지고, 긴 머리카락이 짧아진다.

그녀가 된 그는 그가 된 그녀를 바라봤다. 지금까지 자신이라 믿고 있던 존재의 얼굴을 막상 이렇게 보고 있자니 형용하기 힘든 이질감이 들었다. 동시에 마침내 제자리를 되찾았다는 안정이 뒤따랐다.

"이렇게 제 얼굴을 보니 어색해서 죽겠네요."

그녀는 그를 보면서 웃었다. 그는 자신의 모습을 보면서 중얼거렸다.

"지금까지 저는 당신의 꿈에 있었던 걸까요? 아니면 당신이 제 꿈에서 있는 걸까요?"

그녀는 고민하다가 되물었다.

"그게 중요한가요?"

그는 씩 웃으며 고개를 저었다.

"아뇨."

그녀는 그 모습을 보면서 머뭇머뭇 말했다.

"이제는 커피를 못 내려 드리겠네요."

그는 시원하게 대답했다.

"괜찮아요. 이제 제자리도 되찾았으니, 제가 직접 내려 마시면 되죠, 뭐."

얼마 안 있어 그들이 몸을 담고 있던 세계가 조금씩 요동치기 시작했다. 파도가 뒤쪽으로 쓸려 나가고, 나무가 하나둘 시들어 간다. 이제 헤어질 시간이라는 걸 둘은 직감했다. 그는 그녀를 향해 일렀다.

"그럼 제 꿈을 잘 부탁해요."

"저도요. 종종 꿈을 통해 그쪽이 어떤지 보러 갈게요."

그녀 역시 그에게 작별 인사를 건넸다. 곧 새하얀 안개가 밀려와 두 사람을 휘감았다. 숲도, 바다도 아닌 이질적인 공간이 지평선 너머를 두껍게 덧칠했다.

"결국 가는 거니?"

나지막이 목소리가 들려왔다. 안개 저편으로 노파가 얼굴을 내밀었다. 노파를 알아본 다해는 희미하게 웃었다.

"미처 알아보지 못해서 죄송해요. 할머니."

"아냐. 어쩔 수 없지, 뭐."

노파는 자신의 손녀, 혹은 꿈속의 존재였던 이에게 너스레를 떨었다. 그녀는 차분히 노파에게 손을 내밀었다.

"저랑 같이 가실래요?"

노파는 바로 손사래를 쳤다.

"나는 여기서 네 아비를 찾을 거다. 네 아비도 어딘가에서 너처럼 자기 자신을 잃은 채 꿈속을 헤매고 있을 게 분명해. 깨워서 데리고 나가야지."

노파는 여기까지 말하고서 우물쭈물 사과를 덧붙였다.

"멋대로 데리고 들어와서 미안하다."

다해는 그 말을 듣고 질문 하나를 조심스럽게 내밀었다.

"지금까지 모른 척하시다가, 왜 갑자기 도와주신 거예요?"

"넌 현실로 향하는 구명줄이니까."

노파는 한숨 쉬듯 말했다.

"네가 꿈과 현실을 오가는 걸 보고, 언젠가 그걸 이용해서 다시 현실로 돌아갈 수 있을 거라 생각했어. 네 아비를 찾은 다음, 너와 함께 같이 돌아가고 싶었다."

자신은 꿈과 현실을 시기각각 오갈 수 있다. 자신의 모습을 잊고, 자신이 어디에 있는지도 모른 채 수없이 그 사이를 왕래했다. 그러니 어떤 의미에서 구명줄이라는 표현은 완벽한 비유였다.

"처음에는 마지막 남은 구명줄마저 여기로 영영 와 버리는 줄 알고 놀랐었어. 그런데 네가 힘들어하는 걸 보니까, 더 이상 그냥 지켜만 보는 건 못할 짓이란 생각이 들었지. 무엇보다 네 아비도 싫어할 거고."

노파는 기어들어 가는 목소리로 설명했다. 그게 변명인지, 사죄인지는 알 수 없었다. 다해는 한참이고 노파를 바라보다가 나름 납득할 만한 대답을 툭 하고 내던졌다.

"참 엉성하게 이기적이시네요."

"나도 알아. 하지만 어쩔 수 없어."

노파는 농담인지 모를 대답만 건넸다. 그 말을 들은 다해는 잠시 바닷가에서 자신을 기다리고 있을 엄마의 표정을 떠올렸다. 만약 자신이 영영 꿈에 삼켜져 버렸다면, 엄마도 이렇게 자신을 찾아 여기까지 왔을까.

상상하던 그녀는 그냥 고개를 저었다. 어차피 이제 와서는 의미 없는 상상이었다. 그녀는 꿈에 남겨진, 그리고 자신을 꿈 너머로 데리고 온 존재에게 작별 인사를 건넸다.

"건강하세요."

노파는 고개를 끄덕이며 깊은 숲 저편으로 걸어갔다. 남겨진 존재는 앞을 향해 줄곧 걸었다. 자신이 어디에 있는지 모른 채 단잠에 젖어 꿈만 뻐끔뻐끔 내뿜는 이름 없는 조개가 지은 허공 속의 누각. 누군가는 그곳에서 오르고, 누군가는 그곳을 내려간다.

조개가 지은 허공 속의 누각에 과연 접점이란 것이 있을지. 그것은 오직 그 사이를 지나칠 누군가만 확인할 수 있는 대답만 오간다. 이 모든 것을 지켜볼 수밖에 없는 도시는 그저 조용히 눈을 감고, 그와 동시에 다시 눈을 뜬다. 그리고 그 사이에서 하늘거리며 춤추는 신기루만이 가만히 허무를 외친다.

마신 후에 건네는,

작은 이야기 한 토막

"참 별일이다."

선진은 기영을 보면서 중얼거렸다. 한참 기타를 연주하고 있던 기영은 그 말을 듣고 되물었다.

"뭐가?"

"너 말이야. 어딘가 달라진 것 같아. 뭔가 딴사람이 된 것 같다고 해야 하나. 아무튼 예전과 달라졌어."

병원을 탈출한 이후, 기영은 도심지 근처와 맞닿아 있는 숲에서 발견됐다. 정확히 말하자면 제 발로 직접 숲에서 걸어왔다. 다행히 다친 곳은 없었다. 그런데 돌아온 이후 기영은 어딘가 달라졌다.

대인 기피증도 사라졌고, 목소리에도 자신감이 넘친다. 거기다 평생 친 적 없는 기타까지 가지고 와서 틈틈이 연주까지 한다. 눈앞의 남자가 정말 자신이 알고 지냈던 기영인지, 선진으로서는 의심스러울 지경이었다.

"그런가? 난 잘 모르겠는데."

기영은 대수롭지 않다는 투로 대꾸했다. 그러고는 다시 기타 연주에 열중했다. 피크의 끝이 기타 현을 튕기자 잔잔한 음악 소리가 카페 안에 차오른다. 기영은 가만히 기타 연주에 의식을 기댔다. 지금은 그냥 이러고 있는 것 자체가 즐거웠다. 선진은 달라져도 너무 달라진 기영을 물끄러미 보다가 넌지시 물었다.

"기타는 언제 배웠어?"

"독학했어."

그러면서 기영은 몇 번인가 들어왔던 노래를 연주했다. 선진은 흥미 어린 얼굴로 중얼거렸다.

"처음 듣는 노래네."

"비틀즈 노래야. 특히 내가 좋아하는 노래지."

"비틀즈? 그때 말한 아이돌 가수 맞지?"

선진의 물음에 기영은 자신도 모르게 웃음을 터트렸다.

"아하하하하하. 재밌는 말이네. 비틀즈보고 아이돌이라니."

선진은 뭐라고 말하려다가 그냥 어깨를 으쓱였다.

"뭐, 네가 좋으면 좋은 거지. 그래서 요즘은 어때? 아직도 그 꿈을 꿔? 그…… 고래와 물고기들이 하늘을 날아다닌다는 꿈 말이야."

선진의 질문에 기영은 잠시 고민하다가 하늘을 응시했다. 오늘은 참 별스럽게도 안개 한 점 없이 맑았다. 그리고 이제 하늘에는 지느러미를 단 날고기가 아니라, 새 몇 마리가 날개를 활짝 펴고 날아다니고 있다.

기영은 그걸 보고 있다가 실없이 웃었다.

이제 꿈은 더 이상 그를 쫓아오지 않는다. 모든 것은 제자리로 돌아갔다. 선진도 그가 기억하는 평범한 사람의 모습으로 돌아왔다. 마치 모든 것이 새벽녘의 꿈처럼 사라지고, 잊혔다.

여기까지 생각한 기영은 가볍게 답했다.

"걱정 마. 이젠 안 꿀 거야."

"그래? 다행이네. 난 또 네가 잠이 들까 봐 걱정했는데."

그러면서 선진은 그 앞에 커피 한 잔을 내밀었다. 익숙하면서도 그리운, 쌉쌀한 냄새가 공기를 타고 흘렀다. 기영은 물끄러미 커피를 보고 있다가 무심히 고개를 저었다.

"커피는 이제 됐어. 꿈은 실컷 꿨거든."

*

"어때요? 괜찮아요?"

다해는 조심스럽게 물었다. 그녀가 내린 커피를 맛본 유림은 감탄 어린 얼굴로 답했다.

"괜찮은데? 요 앞 카페에서 파는 것과는 천지 차이야."

"다행이네요."

다해는 눈웃음을 지으면서 자신이 내린 커피를 훑어봤다. 검은 암갈색. 탄내가 은은히 감돈다. 블렌딩을 할 때 살짝 태워서 고소한 냄새를 살짝 입혀 봤는데, 생각 이상으로 맛이 좋았다.

"그나저나 갑자기 웬 커피야?"

유림은 텅 빈 커피잔을 내밀며 물었다. 다해는 가볍게 둘러댔다.

"자주 내려 먹곤 했어요. 여기가 아닌, 다른 곳에서요."

"커피 배운 적 있어?"

"그냥 아는 사람한테 배웠어요."

유림은 그런 그녀를 지그시 보며 일렀다.

"그나저나 너 조금 달라진 것 같다? 기분 탓인가?"

"제가요?"

"그래. 어딘가 차분해졌다고 해야 하나? 분위기 자체가 달라졌어."

다해는 그저 웃기만 했다.

"그냥 그럴 일이 있었어요."

유림은 다해를 위아래로 훑어보았다. 분명 얼굴은 자신이 아는 다해가 맞았지만, 어쩐지 말하는 투나 행동이 다른 사람을 보는 것 같다. 유림은 턱을 괸 채 다해에게 넌지시 물었다.

"아참, 그래서 요즘은 어때? 요즘도 그 이상한 꿈을 꿔?"

다해는 그 말을 듣고 카페 너머의 바다에 시선을 던졌다.

바다는 늘 그랬듯이, 푸르고 고요했다. 바다에서 울려 퍼지는 새의 울음소리나 파도에 나부끼던 깃털들은 사라졌다.

이제 바다에는 물고기들이 유유히 헤엄치고, 바닷사람들 역시 새가 아닌 물고기를 낚아서 돌아온다.

이제 꿈은 그녀를 쫓아오지 않는다. 모든 것이 제자리로 돌아갔다는 증거였다. 희숙과 유림도 자신이 기억하는 인간의 모습으로 돌아왔다.

여기까지 생각이 들자 왠지 모르게 웃음이 나왔다.

"바다에 새가 헤엄쳐 다니는 꿈이요?"

"응. 네가 종종 말하곤 했잖아."

거기까지 듣고서 다해는 자신도 모르게 실소를 내뱉었다. 꿈이 더 이상 쫓아오지 않게 된 이후, 이 세상의 균열도 함께 사라졌다. 그리고 자신과 함께 꿈에 갇혀 있던 모두의 기억도 함께 지워졌다. 마치 정말 모든 것이 새벽녘 꿈이었던 것처럼.

만약 그렇다면 '진짜' 세상은 어디일까.

여기까지 생각하던 다해는 가만히 고개를 저었다. 이제 와서 괜히 복잡한 고민에 갇히고 싶지는 않았다.

"아뇨. 이젠 안 꿔요. 아마 앞으로 꿀 일은 없을 거예요."

다해는 창밖 너머 있는 바다를 보며 말을 이었다. 그 옆으로는 흉터처럼 얼기설기 기워진 드림캐처가 바람을 따라 나부끼고 있었다.

"꿈은 실컷 꿨거든요."